Hanna Stieglitz · Von Jesus überrascht

Hanna Stieglitz

Von Jesus überrascht

Lebensgeschichten

johannis

Bibliografische Information Der Deutschen Bibliothek
Die Deutsche Bibliothek verzeichnet diese Publikation
in der Deutschen Nationalbibliografie; detaillierte
bibliografische Daten sind im Internet über
http://dnb.ddb.de abrufbar.

ISBN 3-501-01516-X
Taschenbuch 77 873

Umschlaggestaltung: Friedbert Baumann
unter Verwendung eines Aquarells von Hanna Stieglitz
Gesamtherstellung:
St.-Johannis-Druckerei, Lahr/Schwarzwald
Printed in Germany 16128/2006

www.johannis-verlag.de

Inhalt

Vorwort

Nun gibt es ein weiteres Buch mit meinen Lebensgeschichten. Für mich ist das eine große Überraschung! Auf das erste Buch – »Jesus war immer dabei« – bekam ich viele Rückmeldungen. Gott hatte konkret die Leser in besonderen Situationen angesprochen, getröstet, ermutigt und neues Vertrauen geschenkt. Von vielen Lesern hörte ich: »Ich freue mich schon auf Ihr zweites Buch! Das gibt es doch?« – Ja, das gibt es jetzt – und dazu noch ein Hörbuch vom ersten Buch!

Ich bin total überrascht! Gott hat »meine Lebensgeschichten« in seine Hand genommen – und setzt sie ein, wo immer er will! Sie haben inzwischen ihre eigene Geschichte bekommen ...

Das zweite Buch, das Sie jetzt in der Hand halten, ist etwas »leiser«. Im ersten Buch erzählte ich die Geschichten und Begegnungen meines Lebens, die mich *stark* geprägt haben. Ich wollte einfach Lektionen, die Gott mir zugemutet hatte – oder mit denen er mich gestärkt hatte – an Sie weitergeben. Nun gibt es aber zum Glück *nicht nur* die »lauten« Töne. Das könnten wir gar nicht ertragen. Unser »normaler« Alltag besteht aus »normalen« Begegnungen. Hin und wieder haben wir dann ein ganz besonderes Erlebnis. Das ist bei mir nicht anders! Also, lassen Sie sich bitte auf beides ein: auf die »gewaltigen« und auf die »stillen« Lektionen.

Auch diese »stilleren« Geschichten hatten mir viel zu sagen! Ihnen vielleicht auch?

Ich bleibe auf dem Weg – und lerne!

Abgeben

Manches im Leben ist einfach so schön! Man denkt, man könnte es für immer behalten. Beziehungen, Freundschaften, Dinge, Situationen.

Und dann kommt alles ganz anders:

Ich muss mich verabschieden von meiner Gesundheit, meiner Kraft, von lieben Menschen, die mir viel bedeuten. Sie ziehen weg oder sterben. Das tut weh! Ich muss mich verabschieden von meinen Aufgaben, Diensten, finanziellen Sicherheiten, Ansprüchen, Stellungen. Das tut auch weh. Und es verunsichert.

Ein ganz kleines Beispiel: die Parkmöglichkeit auf dem Klinikgelände für Seelsorger im Blindendienst. Ich sparte Zeit und Geld und war geachtet bei dem Personal und bei den blinden Patienten. – Jetzt war ich niemand mehr. Keine Sonderrechte. Kein Vertrauen. Keine Auskünfte. Obwohl der Patient ein Familienmitglied war – und ich für ihn viel eingesetzt hatte. Aber ich war doch dieselbe Person geblieben! Können wir uns nur über »Ausweise« erklären? Eine traurige Erfahrung.

Abgeben – auch alle Achtung, die ich erfuhr! Wer bin ich denn jetzt noch?

Ich bin – und bleibe! – Hanna Stieglitz, und ich bleibe in Gottes Hand! Bei ihm muss ich nichts vorweisen – oder mich ausweisen. Bei ihm bleibt, unabhängig von meiner Stellung, alles »beim Alten«.

Ich genieße bewusst meine Umgebung – meine schöne Wohnung – meine Kinder und Enkel –, aber ich stelle mir auch oft mein Leben ohne diesen »Luxus« vor! Ich frage mich, ob noch alles am »richtigen Platz« ist. Ist Jesus wirklich auf Platz 1? Was, wenn ich eines nach dem anderen verliere?

So kam es eines Tages, dass wir uns fragten, ob wir wirklich das ganze Haus bewohnen sollten. Unsere Kinder wohnten sehr beengt. Vielleicht hätten sie Lust, das Haus zu übernehmen? – Mir wurde auch bange bei diesem Gedanken. Würden wir uns »vertragen« so nah beieinander?

Wir trafen uns als Familienrat. Alle Kinder mit ihren Partnern und wir sprachen offen über Möglichkeiten und Grenzen. Jeder betete für sich um Klarheit. Unser Sohn mit seiner Frau und den Kindern übernahm das Haus und nun wohnen wir *glücklich* in unserem Anbau – und genießen die Freiheit! Unsere Kinder haben jetzt die Verantwortung für »Haus und Hof« – und sie sind geehrt, dadurch dass wir ihnen schon so früh alles in ihre Hände gaben! So können sie nach ihrem Geschmack und Lebensstil das Haus füllen.

Abgeben ist befreiend! Was weg ist, belastet uns nicht mehr. Es hilft loszulassen. Sich auf das Wichtigste zu konzentrieren. Manches Abgeben, das uns bis ins Innerste trifft, tut auch weh. Vielleicht soll es uns helfen, unsere Anerkennung und Sicherheit *nur* bei Gott zu suchen?

Äußerlichkeiten?

Wir wohnen am Stadtrand – wie in einem Dorf. Jeder kennt jeden! So war es jedenfalls früher.

Nachbarn kannten mich schon als kleines Mädchen. Sie kannten unsere Familie – und wussten, was sie davon erwarten konnten. Sie bekamen seltsamerweise nicht mit, dass wir erwachsen wurden. Sie nannten uns weiter beim Vornamen – und auch sonst blieben wir *die Kinder!*

Da gab es sehr fromme Nachbarn – und auch welche, die nichts von den Christen hielten. Trotzdem, beide wussten, wie wir uns zu verhalten hätten.

Eines Tages, ich leitete inzwischen Frauen- und Jugendkreise, hielt Vorträge, sprach mich eine Nachbarin an: »Hanna, ich würde dir keine Bibelarbeit abnehmen! Keinen Dienst, bei dem du Gottes Wort ›auslegst‹! – Solange du in langen Hosen – Jeans! – herumläufst, bist du für mich unglaubwürdig!«

Klare Aussage, klares Urteil! – Aber zum Glück hatte ich ja nichts mit dieser alten Nachbarin zu tun, dachte ich. Ich fühlte mich in meiner »flotten« Kleidung wohl und gut aufgehoben. Sollten sie sich mal selbst beobachten –

vorne im Chor – erste Reihe – ich fand dieses Bild jedenfalls nicht einladend!

Eine Zeit verging. Ich las alles, was in der Bibel über Kleidung der Frau, Haare, Schmuck steht. Das war begründet, okay! Ich fühlte mich nicht angesprochen. Man konnte mich, trotz Jeans, von einem Mann unterscheiden! (Die Frau soll keine Männerkleidung tragen, weil sie sonst mit ihm verwechselt werden kann!)

Aber da gab es eine andere Richtung, die mich beschäftigte: Waren mir die Jeans so wichtig, dass ich sie höher stellte als meinen Dienst? Waren sie mir so wichtig, dass ich lieber einen Zuhörer verlor, als einen Rock anzuziehen? – Ja, ich weiß: Schikane, »Macht der Schwachen«. Ich änderte nicht meine Meinung zum Thema Jeans – aber ich sagte Gott: »Okay, ich bin bereit, Röcke zu tragen, damit ›enge‹ Christen nicht in ihrem Glauben ›irre‹ werden! Dann sorge du dafür, dass ich keine Blasenentzündungen bekomme!«

Tat er! – Ich glaube, wir müssen sehr gut hinhören, *was wann* dran ist! Äußerlichkeiten sind nicht immer Äußerlichkeiten! Manchmal verstecken sich hinter dem Äußeren Stolz und Überheblichkeit. Die müssen wir enttarnen!

Beraten

Handwerkliche Arbeiten, schöne Schmuckstücke herstellen, Schaufenster dekorieren und Kunden bedienen, das war meine Welt! Ich hatte viele Möglichkeiten, künstlerisch tätig zu sein. Es machte mir Spaß, einfache Kunden zu beraten. Ich legte ihnen mit gleicher Sorgfalt Kettchen fürs Enkel- oder Patenkind vor – oder Brillantringe ... Der Wert war nicht entscheidend. Ich wollte einfach nur gut beraten.

Dann folgten peinliche Situationen: Kunden sagten dem Chef (ohne zu wissen, dass sie mit dem Chef sprachen): »Wir möchten gerne von der Dame aus der Werkstatt bedient werden!«

Peinlich! Oder die Geschäftsleitung in der Werkstatt hatte den »Durchblick« ins Geschäft – und sagte: »Hanna, ist für dich!« – Es war einfach gekleidete Kundschaft!

Kam ich zurück in die Werkstatt, erfuhr der Chef vom Verkauf des teuren Kolliers oder des Brillantrings für 2000 €: »Mann, danach sahen die aber nicht aus!«

In der Goldschmiedelehre habe ich durch Kontakte mit sehr unterschiedlichen Kunden viel gelernt. »Einfache« Kunden »testeten« erst einmal die Beratung in unserem Laden. Wie sorgfältig ging man mit kleinen Aufträgen um?

Dann konnte man später auch Wertanlagen besprechen! Nicht jeder reiche Mensch kleidet sich »protzig«! Ich habe früh gelernt, dass man keinen Menschen nach seinem äußeren Eindruck be- oder verurteilen kann.

Für meinen weiteren Weg in der Seelsorge und Leitung von Jugendlichen, Frauen, im Umgang mit blinden Menschen oder Flüchtlingen aus Eritrea war dies ein wichtiger Grundsatz: Nur Gott weiß wirklich, was den Wert eines Menschen ausmacht. Vorsicht beim »Schubladendenken«!

Blind über die Autobahn

Wer mich kennt, weiß, dass ich kein Held bin. Während eines Kuraufenthaltes traf ich zufällig ein altbekanntes Pfarrerehepaar. Er war inzwischen Leiter einer Bibelschule. Auf manchen gemeinsamen Spaziergängen erzählten wir aus unserem Leben. Es war stärkend, sich auszutauschen! Doch am Ende der Kurzeit holte der Pfarrer seinen Terminer und fragte mich, wann ich zum Unterricht in die Bibelschule käme. Nein! Ich bin kein Theologe – und ich wollte einfach nicht! Die Bedenken galten nicht. Um theologische Spezialfragen sollte ich mir keine Gedanken machen. Dafür war *er* zuständig! Aber die Praxis – der Alltag eines Christen –, das war ein Thema, das selten behandelt wurde! Die Bibelschüler sollten damit konfrontiert werden. Es wäre wichtig, für sie ein ehrliches Gegenüber zu haben.

So kam es, dass ich einige Jahre in jeder Klasse einmal unterrichtete. Wir hatten einen gemeinsamen Vormittag zum Unterricht zur Verfügung – der Nachmittag war für Einzelgespräche und Seelsorge gedacht. Das Angebot wurde reichlich genutzt. Ich war sehr dankbar und freute mich über die Offenheit der Studenten.

Nach einem Einsatz in der Bibelschule fuhr ich in dieser dankbaren Stimmung zurück. Ich sang unterwegs im Auto. Mein Herz war so voll. Ich musste dieses Ventil öffnen. Das ging am besten mit Lobliedern! Ich fuhr zügig im Berufsverkehr auf der Überholspur der Autobahn. Aus heiterem Himmel war ich eingehüllt in dichten Nebel. Ich sah überhaupt nichts mehr! Was war das? Ich hatte völlig übersehen, dass das Kühlwasser kochte! Ich sah wirklich nichts mehr. Das war das Ende! »Herr, bitte hilf mir!« Ich wusste, auf der rechten Fahrbahn fuhr Laster an Laster! Es waren Sekunden, die ewig dauerten. Warnblinkanlage an! – Gas weg! – Hupen! – in Zeitlupe nach rechts fahren – jeden Augenblick würde es krachen ...

Ein unglaubliches Hupkonzert der Laster! War das Warnung an die Kollegen? Oder Protest an eine idiotische Fahrerin? – Jedenfalls komme ich heil auf die Standspur – ohne einen Kratzer! Das war knapp. Sehr knapp. Ich halte an einem *Telefon*! Der Wagen tut keinen »Mucks« mehr! Ich rufe den ADAC an. Er schleppt mich ab. Eine Wasserpumpe ist fällig – aber wahrscheinlich ist der ganze Motor hin! Wenn der Schaden so lange *übersehen* wurde, ist der Motor sicherlich jetzt hin – und der Wagen schrottreif! Wo konnte mir eine Werkstatt so spät noch helfen?

Wir fuhren über die Dörfer. Wie sollte ich

mich denn hier wieder zurechtfinden? (Ich habe keinen guten Orientierungssinn und hatte mir meine Wegstrecke genau notiert!) Das konnte ich jetzt schon mal vergessen! Aber wir fanden eine Werkstatt – und sie half mir! Und ich fuhr nach ein paar Stunden, mitten in der Nacht, mit einer neuen Wasserpumpe nach Hause. Der Wagen konnte »gerettet« werden!

So viel Segen! Viel Dankbarkeit und Freude darüber! – Bei der akuten Gefahr stockte der Atem – da waren keine Loblieder mehr zu hören! Und trotzdem: »Gott hatte seinen Engeln befohlen über mir, dass sie mich behüten!« Und das war wieder Grund zum Loben – vielleicht etwas leiser!

Blinklichter

Gott macht Geschichte – und hat dabei offensichtlich eine andere Zeitrechnung als wir!

Mein Vater, ein ehemals schwer herzkranker Mann, fuhr als 80-jähriger alter Mann zum ersten Mal alleine nach Österreich. Die ganze Familie hielt die Luft an! Wir beteten natürlich für ihn – aber wir fanden seine Reise leichtsinnig. Er war von seinem »Auftrag« überzeugt und machte sich keine Sorgen. Ziel des Unternehmens waren die verstreuten Bauernhöfe in einer bestimmten Gegend in Österreich, in der die Menschen nichts von Jesus wussten. Er wollte mit einem Freund, einem beinamputierten Förster, von Haus zu Haus gehen und von seinen Erfahrungen mit Gott erzählen. Anschließend wollten sie die Menschen zu einer Evangelisation einladen. Das war mutig! Es war eine mühsame, aber gesegnete Zeit. Vater kam glücklich und heil wieder nach Hause.

Nun sind 27 Jahre vergangen. Vater wäre jetzt 107 Jahre alt. Sein Gefährte von damals lebt noch. Er war sehr unglücklich darüber, dass er jetzt in ein städtisches Altenheim musste. Freunde schenkten ihm mein Buch »Jesus war immer dabei«. Er hat es »verschlungen«. Nach so vielen Jahren bekamen wir Kontakt.

Er sagte mir, dass ihn das stark berühre, dass die Tochter seines treuen Missionsgefährten von 1978 dieses Buch schrieb. Er wurde durch das Lesen sehr gestärkt und bekam Kraft, seinen neuen Weg anzunehmen.

Der alte Förster kaufte gleich zwanzig Bücher, weil »das Buch so ehrlich ist – und den Lesern nichts vorgaukelt und trotzdem Mut zum Glauben macht«.

Das sagt mir der alte, erfahrene Mann im Glauben, vor dem ich immer eine große Hochachtung hatte! Die alten Zeiten mit den Gesprächen mit meinem Vater lebten noch einmal in ihm auf und stärkten ihn für seinen schweren Weg. Das, was sie damals gemeinsam gesät hatten, lebte nun in der nächsten Generation weiter – und kam zu ihm zurück!

Dieser Kontakt hat mich reich beschenkt.

Das weiße Blatt

Osterkonferenz in Heppenheim – jährlich vier Tage für eritreische Christen aus ganz Deutschland! Ein wunderschönes Erlebnis! Da sitzen »hungrige« Menschen. Sie wollen auftanken für ihren Alltag. Sie bekommen nicht genug von Bibelarbeit, singen, beten, austauschen! Nachts sitzen wir Frauen im Flur der Jugendherberge, kochen Kaffee, holen die Hocker aus unseren Zimmern – und reden weiter! Der Schlaf kommt in der Zeit zu kurz. Aber wir haben uns so viel zu erzählen und einander Mut zu machen. Es ist eine offene Atmosphäre unter uns Frauen!

An einem Abend darf ich zu den Teilnehmern sprechen. Ich bete um das richtige Wort! Es ist wichtig. Gerade weil sie wissen, dass ich sie liebe, habe ich eine gute Chance, auch unbequeme Dinge anzusprechen.

Ich gehe durch den Mittelgang nach vorne – in der Hand ein leeres weißes Blatt Papier. Ich sage der Gemeinde: »Ich habe euch ein Geschenk mitgebracht!« Sie schauen verdutzt. Sie können nichts sehen! Ich fahre fort: »Dieses Blatt Papier bedeutet unser Leben. Es ist ursprünglich leer. Dann schreiben wir es allmählich voll: In der Kindheit haben wir unsere

Wünsche – dann in der Jugendzeit – und jetzt, in unserem Alter? Was habt ihr auf dieses Blatt geschrieben? Flucht aus Eritrea – Familienzusammenführung – Arbeitsplatz und Wohnung in Deutschland – genug Geld – Auto – Fernseher – Ferien? Gute, verständliche Wünsche. Nun soll Gott *seine Unterschrift* geben!

Das zeigt kein Vertrauen zu ihm. Er freut sich nicht darüber – und er gibt auch *nicht seine Unterschrift!*

Er will das Blanko-Blatt – *von uns unterschrieben!* Dann schreibt er das Blatt voll mit *seinen* Wünschen. Viele von diesen Wünschen gefallen uns gar nicht. Aber er will es so für unser Leben. Auf meinem leeren Blatt steht z. B.: verheiratet mit Heinz (gut!), drei Kinder (gut!) acht Enkelkinder (toll!) und es steht da: Brust-OP (halt!), Krebs (nein!), acht OPs (halt!), große Schwäche (die will ich nicht!) ... Aber nur in dem, was Gott für uns aufschreibt, will er sich verherrlichen, will er bei uns sein – und uns segnen! Das habe ich erlebt. In jedem Krankenhausaufenthalt war ein Segen versteckt, den ich sonst nicht erlebt hätte. Trotzdem sind wir immer wieder in der Versuchung, das Blatt mit unseren Wünschen zu füllen.«

Tränen flossen! Wir fanden uns alle bei diesem Bild wieder – und wollten neu unsere *»lee-*

ren Lebensblätter« *unterschrieben* Gott hinlegen!

Die »gute alte Zeit«?

So viele ältere Menschen schwärmen von der »guten alten Zeit«. Ich nicht! Ich habe diese Zeit nicht in schönster Erinnerung. Ich lebe lieber heute. Ich sehe zwar auch die Werte, die heute verloren gehen. Das finde ich schade. Daran müssen wir arbeiten, sonst ersticken wir im Egoismus. Oder in der Gleichgültigkeit.

Früher war das Wort des Vaters absolut gültig. Da gab es kein Aber. Man hatte das zu tun, was angeordnet war. Seine eigene Meinung musste man schön still für sich behalten. Diskussionen? Was war das? Heute leben wir das Gegenteil: Über alles wird diskutiert – lange und breit! –, aber wo sind die Resultate?

Also, ich gebe ja zu, dass ich noch jung war, als ich meinen Mann kennen lernte. Er war dafür zehn Jahre älter und wirklich kein kleiner Junge mehr. Er ging gerne ins Konzert – er liebte klassische Musik – und lud mich dazu ein. Aber so einfach ging das nicht. Zuerst musste er meine Eltern um Erlaubnis fragen. Dazu gab es ein Einzelgespräch mit meinem Vater in seinem Büro – das bis kurz vor Beginn des Konzertes dauerte! Danach musste ich mich schnell umziehen – und los ging's mit der »Heinkel«, einem Motorroller, zur Stadthalle. Nie kamen wir pünktlich! Wir konnten den ersten Teil immer »auf dem Gang« genießen! Nach der Pause durften wir dann auch im Sitzen zuhören. Ja, es war so – und es hat mich geärgert! Aber ändern konnten wir nichts!

Eines Tages feierte ein Kollege meines (jetzigen) Mannes die Einweihung seines Hauses. Wir waren eingeladen. Die Feier begann um 20 Uhr – um 21.30 Uhr musste ich aber schon zu Hause sein. Das war ein Genuss! Ich sah bei der Polonäse durchs Haus die Köstlichkeiten, die uns erwarteten, aber ich wusste: Ohne mich! Ich konnte auch nicht mitten im Tanz »aussteigen« und nach Hause fahren! Mein Mann brachte mich – ohne das Verständnis der Gastgeber – nach Hause und fuhr wieder zurück. Mein Vater kam mir entgegen: »Ist das halb zehn?« Ich wollte ihm die Situation erklären. Er fragte nur, ob wir uns nicht verstanden hätten? Am nächsten Tag musste ich noch früher zu Hause sein!

Es machte mich wütend, dass meine Eltern mir nicht *mehr* vertrauten, dass ich ein lächerlicher »Außenseiter« bei den Gastgebern war – und dass ich meinen Freund in solch blöde Situationen brachte! Aber das war die »gute alte Zeit!« – Ich hätte mir mehr Vertrauen gewünscht – und die Gewissheit, von meinen Eltern ernst genommen zu werden.

Diese »Rabauken«!

Jugendarbeit hält beweglich – lässt aber auch in viel Not sehen. Ich freute mich über das Vertrauen der Jugendlichen und überlegte, wie ich ihnen helfen könnte.

Auf einer Freizeit kam nachts ein Mädchen in mein Bett gekrochen und erzählte mir von der Not vieler junger Mädchen in ihrer Umgebung. Ich hatte keine Ahnung von dem, was sie durchlitten: Sie lebten ohne die Fürsorge ihrer Eltern und waren am Wochenende auf fragwürdige Kneipen angewiesen. Wenn ein Junge Interesse an ihnen zeigte, deuteten sie das als Liebe – und fielen darauf rein! So wurde die Not noch größer, wenn sie schwanger wurden oder krank! Sie waren verunsichert und wussten nicht mehr, wem sie vertrauen konnten. »Wir haben keinen, der uns wirklich lieb hat!«

So kam es, dass ich mit meinem Mann überlegte, was wir diesen Jugendlichen anbieten konnten.

Parallel dazu gab es einige Jungen in unserer Gemeinde, die nur Unsinn machten! Sie demolierten das Gemeindehaus, rissen die Garderoben ab – und keiner mochte sie. Sie erhielten Hausverbot! Ich war sauer! Warum versperrte man gerade diesen Jungen den Weg zur Gemeinde? Sie mussten Probleme haben. Sonst wären sie nicht so »auffällig«! (Wer Not macht, hat Not!) Was nun?

Ich fragte sie, was sie besonders gerne essen würden? Ich wollte sie einladen und sie einmal verwöhnen, diese »Rabauken«! Ihre Gesichter wurden ganz verlegen. Sie trauten mir nicht. Aber ich wollte sie tatsächlich nur einladen. Sie dachten an einen faulen Trick: Bei dieser Gelegenheit könnte ich ihnen einmal so richtig den Kopf waschen ...

Wir starteten an einem Samstagabend. Ich wusste nicht, welche Mengen Salate ich brauchte.

Kamen zehn oder 20 Jugendliche? Es kamen viele – aber nicht unsere »Rabauken«! Um 22 Uhr abends schellte es! Es waren »meine Jungs«! Alles war natürlich »ratzefatz« aufgegessen. Sie hatten sich nicht getraut – und waren einfach »platt«! »Äh! Hätt'se dat gedacht? Is ja toff hier, äh!« ... Ich haute ein paar Eier in die Pfanne. Sie ließen es sich schmecken. Dann fragte mein Mann seinen Nachbarn: »Was machst du eigentlich so?« – »Interessiert dich das wirklich? Das hat mich noch nie jemand gefragt!« Ja, es interessierte! Und so merkten die Jugendlichen, dass sie uns wirklich wichtig waren. Regelmäßig samstagabends trafen wir uns zum Essen und Klönen. Bis Nachts um zwei, wenn die Letzten gingen, waren wir zusammen – ohne Programm! Einfach nur so. – »Ja, aber die Sonntage sind auch noch frei ...«, fragten sie vorsichtig an. »Wir haben auch noch drei kleine Kinder«, meinte ich in der Hoffnung, dass sie das einsehen würden. Aber sie waren sehr großzügig: »Die stören uns nicht!« – Und so gingen wir sonntags als Trupp in die Wälder und fällten morsche Bäume! Bis heute, sie haben inzwischen selbst Familien, ist ihnen das in intensiver Erinnerung!

Ich hatte leichtsinnig, aber ehrlich gesagt: »Fühlt euch zu Hause!« Ein Mädchen nahm das so wörtlich, dass ich eingreifen musste. Sie bediente sich in unserem Kühlschrank – ohne Besteck zu benutzen! Die Finger reichten doch auch! Warum war ich denn so pingelig? Oder sie trank aus der Liter-Flasche Cola. Sie setzte an und der Rest war für uns! Gleichzeitig wunderte sie sich, dass sie niemals eingeladen wurde! Wir lernten dann miteinander, wie man sich benimmt, ohne Ekel bei den Gastgebern hervorzurufen. Der Wortschatz – und das Benehmen – änderten sich etwas nach einer Zeit des Beleidigtseins! Später war mir das Mädchen dankbar!

So verwandelten sich unsere »Rabauken« in »lammfromme«, freundliche Jungs!

Drei Mütter

Unser Patenjunge in Eritrea lud uns ein. Seine Mutter wollte sich bei uns bedanken. Er war im Waisenhaus groß geworden, weil seine Mutter nicht in der Lage war, ihn zu versorgen. Unsere Tochter mit ihrem Mann hatte viele Jahre für ihn bezahlt. Also stellte er glücklich fest, dass wir seine Großeltern waren!

Mir gefiel diese Einladung gar nicht. Wie unangenehm musste es dieser Mutter sein, dass da eine fremde Frau aus einem anderen Kontinent die Versorgung und Schulbildung ihres Sohnes übernommen hatte. Ich wollte diese Situation vermeiden. Aber die Mutter bestand darauf. Wir drehten den Spieß um und luden Mutter und Sohn zu einem Essen in ein Gasthaus ein – und gaben unserem Patenjungen strenge Anweisungen, auf jeden Fall alles Gesprochene zu übersetzen. Die Mutter konnte kein Englisch. Wir wollten nicht, dass sie außen vor blieb und vielleicht misstrauisch wurde.

Wir trafen uns zur verabredeten Zeit zum Essen. Ich war gespannt. Sie kamen – mit großen Plastiktüten voller Geschenke. Auch das noch. Sie waren arm und brauchten das Geld dringend! Dazu war es so unnütz und wie sollten wir es auf dem Rückflug unterbringen?

Die Mutter packte aus: Zuerst einmal zwei kleine Felle, bunt mit Muscheln bestickt. In diesen Fellen werden die Babys in Eritrea auf dem Rücken der Mütter getragen und versorgt. Sie erklärte uns, dass sie so dankbar dafür sei, dass ihr Sohn drei Mütter hatte. Sie hatte nur die Kraft ihn zu gebären, aber Gott hatte ihr eine zweite Mutter (mich) an die Seite gestellt, die organisierte, dass ihr Sohn im Waisenhaus aufwachsen konnte, und eine dritte Mutter, die dafür bezahlte, also unsere Tochter.

Die Mutter bat mich, beide Felle als Zeichen der Dankbarkeit und Verbundenheit anzunehmen.

Gerne nahm ich sie mit nach Deutschland und gab eines unserer Tochter. Es war kein peinliches Gefühl aufgekommen. Wir hatten sehr unterschiedliche Aufgaben und Möglichkeiten, aber ergänzten uns und waren glücklich über das Ergebnis: diesen tollen Sohn!

»Du bist doch von gestern!«

Ja, das sah sicher oft so aus! Aber wir konnten ja reden! Ich konnte den jungen Leuten erklären, was ich über das Geschenk der Sexualität dachte – und wie es wohl von Gott gedacht war. Altmodisch? Bestimmt nicht – eher menschenfreundlich!

Die Mädchen hatten mir erklärt, dass ihr Bio-Lehrer gemeint hatte, sie seien alt genug und sollten ihre sexuellen Bedürfnisse ruhig ausprobieren! Na toll! Als die ersten Probleme beim »Ausprobieren« auftraten, bat ich die Mädchen, zu dem fortschrittlichen Bio-Lehrer zu gehen, damit er ihnen »aus der Patsche« half! – »Zu dem? – Niemals!« Da kamen sie lieber wieder zu der »Frau von gestern«!

Das Thema Partnerschaft war immer unerschöpflich! Ich war der Meinung, dass es unverschämt sei, wenn ein Gläubiger mit einem Ungläubigen eine Partnerschaft beginnt. »Ja, wo lebst du denn? Wo bleibt denn deine Toleranz?« Wir sprachen über das Christsein. Über echtes Christsein! Besonders ein Mädchen fühlte sich angegriffen – und sprach mit seinem Freund über diese verrückten Thesen. Sie machten einen Besuchstermin – und kamen ziemlich »geladen«, um mit mir »Klartext« zu sprechen!

Wenn *er* sonntags auf den Fußballplatz ging, konnte *sie* doch »in die Kirche rennen«, falls sie wollte. Schon dieser Ton zeigte, was er von dem »Kircherennen« hielt! Nachdem aller Ärger heraus war, erklärte ich beiden, wie das denn in Zukunft bei ihnen aussehen würde:

»Ich rede nur von einem *echten* Christen«, erklärte ich, »nicht von einem ›Kirchgänger‹! – Also, du möchtest sonntagmorgens etwas länger schlafen. Es ist noch so gemütlich! Außerdem hattet ihr in der Woche keine Zeit füreinander. Deine Frau sagt aber, sie wolle eigentlich in die Gemeinde, weil da ihr Platz sei. Außerdem wolle sie da auftanken für ihren Alltag. Es täte ihr gut. Sie hat nichts von dir – und du nichts von ihr! – Das geht so weiter: Deine Frau möchte spenden. Du siehst das nicht ein. Es ist schließlich *euer sauer verdientes Geld!* Sie ›schleudert‹ das ›zum Fenster raus‹! Eure Freizeit? Sie möchte einen Krankenbesuch machen – einen Gemeindekreis besuchen – einen besonderen Glaubenskurs belegen, damit sie im Glauben weiterkommen kann. Ich möchte dich sehen, wie weit geht da wohl deine Toleranz? Christsein bedeutet nämlich: Ich gehöre *ganz* zu Christus. *Ganz!* – Mit meinem Körper, meiner Seele, meinem Geld, meiner Freizeit, meinen Gaben, meiner Familie. Er kann über mein Leben verfügen. Ich werde gehorchen! Es macht

Freude, mit einem Partner diesen Weg zu gehen. Es bedeutet viel Stress, wenn nicht beide dieser Überzeugung sind!«

Da wurde der junge Mann nachdenklich! »Es ist tatsächlich eine Frechheit, einem, der nichts von Gott hält, dieses Leben zuzumuten! Rücksichtslos und lieblos.« – Er hatte verstanden, dass dies nichts mit altmodischen Ansichten zu tun hatte. Es war fair, den Partner vorher zu informieren.

Er löste die Freundschaft.

»Du wirst nicht sterben!«

Mein Geburtstag. Wir feiern in diesem Jahr nicht! Sonst ist das keine Frage: Wir haben zu allen Anlässen große Familienfeste. Unsere Familie feiert gerne! Aber in diesem Jahr reicht die Kraft nicht! Unsere Kinder würden mich entlasten und Kuchen backen oder Salate machen. Das tun sie sonst auch! Aber schon die Anwesenheit einiger Gäste wäre zu viel für mich. Ich habe schlimme Monate hinter mir. Einige Male war ich in der Herzklinik und jetzt lebe ich mit »halber Kraft« und vielen Unsicherheiten und Beschwerden. Damit muss ich leben lernen!

Es war sehr heiß an meinem Geburtstag. Ich konnte nur liegen und abwarten. So einen Geburtstag hatte ich noch nie! Abends versuchte ich aufzustehen. Ich wollte die abgekühlte Luft genießen, stieg auf einen kleinen Schemel, um auf unsere Dachterrasse zu kommen. Ein heftiger Schmerz durchfuhr mich. Ich konnte keinen Schritt vor und keinen zurück! Ein Muskel war gerissen! Ich schrie vor Schmerzen und kam kaum wieder ins Bett.

Verzweifelt weinte ich! Warum immer noch mehr Schmerzen und Not? – Da kam unsere Tochter. Es war nicht vorgesehen, dass sie noch einmal kam. Sie sah mich – so elend – jammernd: »Ich kann nicht mehr! Ich habe keine Kraft mehr zu leben – zu kämpfen!« Sie kam an mein Bett, nahm mich fest in den Arm und ließ mich nicht wieder los: »Mutti«, sagte sie sehr bestimmt, *»du wirst nicht sterben!* Du wirst leben! Du brauchst nicht stark zu sein! Du brauchst auch nicht zu glauben und zu beten! *Das tun wir!«*

Unsere Tochter ist eine stille, behutsame Frau. Aber jetzt war sie stark und sicher! Sie hatte durchschaut, dass ich in der Gefahr war, mich in eine Situation hineinzusteigern, die ungesund war. Mein Selbstmitleid schadete mir. Klar, die Herzbeschwerden waren da. Der Muskelriss hat mich viele Wochen geplagt. Aber zum Tod führte er nicht. Es war mein Fertigsein, das mich so stark herunterzog! Sie war überzeugt, sie musste mich stoppen! Gott würde weitermachen, obwohl ich nicht mehr konnte! Sie glaubte – und das sagte sie auch!

Ich werde diese energische Umarmung nie vergessen. Sie hat mich aufgerichtet und ermutigt.

Mitleid und sanftes Begleiten in Not ist nicht immer das Richtige.

Ein besonderer Gast

Eines Tages wurden wir gefragt, ob wir wohl auf unbestimmte Zeit, täglich zum Mittagessen, einen muslimischen Gast aufnehmen würden. Er lebte alleine, arbeitete in unserer Nähe und hatte keine Chance, sich seinem Glauben entsprechend zu ernähren!

Wir sagten ahnungslos zu! Hassan, so nennen wir ihn jetzt einfach, war ein netter, gebildeter junger Mann! Er lebte streng als Moslem. Seinen Glauben nahm er ernst! Er teilte mir mit, dass er sich unbedingt darauf verlassen müsse, dass ich kein Schweinefleisch verwenden und ihm auftischen würde. Ich versprach es, denn ich wollte seinen Glauben ernst nehmen. Ich wollte ihn nicht in Gewissensnot bringen.

Dann erst merkte ich, wie oft wir normalerweise »etwas vom Schwein« aßen. Ich musste mich wirklich anstrengen, meinen Speiseplan zu ändern! Aber Hassan registrierte dankbar mein Bemühen. Es schmeckte ihm immer sehr gut. Er wusste, dass er sich auf uns verlassen konnte.

So öffnete er sich langsam und sprach über seinen Glauben. Er betete täglich – wie es die Vorschrift ist. Abends durchdachte er noch einmal seinen Tag. Er hatte ein feines Gewissen –

und wusste genau, was nicht gut gewesen war. Dann hoffte er, dass Allah ihn nicht dafür bestrafte!

Eines Tages sagte er: »Ihr habt es gut! Ihr könnt jeden Tag bei Null anfangen! Euer Gott vergibt euch, wenn ihr ihn bittet!«

Toll! Er hatte es irgendwie mitbekommen, was uns froh macht, wovon wir leben. Vergebung ist ein so großes Geschenk! Ja, wir haben es wirklich gut.

Einbahnstraße

Ein neuer Lebensabschnitt: Ich war Stadtmissionarin im Blindendienst. Alles war neu: der Führerschein, die Kontakte und Wege zu den blinden Menschen, das Begleiten. Überall begegnete mir viel Offenheit.

Ich war angemeldet bei einem Ehepaar, der Mann war erblindet. Sie warteten auf mich. Zu Hause hatte ich auf dem Stadtplan genau nachgesehen, wie ich fahren musste. Es gab nur *eine mögliche Zufahrt.* Ich fuhr meine Strecke. Plötzlich stand ich vor einer kleinen Straßeneinfahrt – *Durchfahrt verboten!* Ich musste durch einen kleinen Wald in die Gartensiedlung, in der das Häuschen des Ehepaares stand. Was jetzt? Ich hatte genau hingesehen: Es gab keine andere Zufahrt!

Langsam, sehr langsam fuhr ich *gegen die Einbahnstraße* – und betete, dass mir keiner entgegenkam. Ich hatte ein mulmiges Gefühl – bog um die Ecke, da stand dort ein Polizeiauto! –

Kelle raus! Halt! – Der Polizist kam zu meinem Auto. »Papiere bitte! – Wissen Sie, was Sie gemacht haben?« – »Ja! – Aber ich bin neu im Blindendienst. Habe vorher zu Hause im Stadtplan nachgesehen ...« Der Polizist nahm meine Papiere, ging zu seinem Auto und brauchte sehr, sehr lange, um über Funk Daten abzufragen! Ich hatte viel, viel Zeit, zu schwitzen und zu beten! Der Führerschein war noch »warm«! Wenn ich jetzt meine Fahrerlaubnis verlor, konnte ich meinen Dienst vergessen. Ohne Führerschein 80 blinde Menschen betreuen, das ging einfach nicht!

Sehr langsam kam der Polizist zum Auto zurück. »Frau Stieglitz, machen Sie das nie wieder! Und jetzt fahren Sie!« – »Wie denn? Fahren Sie vor?« – »Fahren Sie los!« – Ich fuhr – und dankte Gott sehr erleichtert für diese Reaktion des strengen Beamten!

Nie wieder bin ich *gegen* eine Einbahnstraße gefahren – auch nicht »sehr langsam«!

Auch »Einbahnstraßen« in unserem Leben müssen wir ernst nehmen. Erzwungene oder ertrotzte Wege sind nicht von Gott geführt. Wir riskieren »Unfälle« – und bringen uns und andere in Gefahr!

»Euer Haus brennt!«

Es ist Heiligabend. Wir gehen in den Familiengottesdienst wie jedes Jahr. Die Großeltern, wir, die Eltern, und unsere Kinder. Wir sitzen andächtig im Gottesdienst, da kommt unser Küster nach vorne und sagt uns leise: »Kommt ihr mal? Euer Haus brennt! Die Polizei ist hier!«

Ich war geschockt! Weihnachten unter freiem Himmel? Wo sollten wir hin? Was war verbrannt?

Was war nie mehr zu ersetzen? Draußen wurden wir beruhigt, dass alles noch gut gegangen sei, aber die Feuerwehr hatte in unser Haus eindringen müssen – daher die Polizei!

Bewohner einer Straße, die parallel zu unserer verläuft, hatten zu Weihnachten ihr Wohnzimmer umgestellt. Sie genossen ihre neue Clubgarnitur – und den für sie neuen Ausblick in ihre Nachbarschaft! Ach, da oben die Leute schienen einen offenen Kamin zu haben! Nein, das war kein Kamin, das war ein Feuer! Es wuchs! Sie riefen die Feuerwehr an: »Wir glauben, es brennt in unserer Nachbarschaft!« Sie sollten warten, bis sie es genau wüssten ... Aber dann wurde es Zeit! Die Feuerwehrleute sprangen über Zäune der Gartensiedlung und landeten schließlich von hinten an unserem Haus. Sie kletterten auf die Dachterrasse und sahen durch das Fenster die lodernden Flammen. Da musste schnell etwas geschehen. Aber so kamen sie nicht hinein! Sie gingen ums Haus, schlugen das kleinste Fenster ein, kletterten in die Wohnung – und *trugen den brennenden Tisch heraus.* Er wurde im Schnee gelöscht. Das war absolute Maßarbeit. – Zwei Minuten später, so die Feuerwehr, wäre nichts mehr zu löschen gewesen. Gerade waren die Zeitschriften auf dem Tisch in Flammen aufgegangen und der brennende Zipfel der Tischdecke auf den Teppich gefallen ...

Unsere direkten Nachbarn hatten das Feuer nicht bemerkt. Erst als die Feuerwehr anrückte, kamen sie alle – und staunten: »Och, die sind sicher alle in der Kirche!« So wurden wir benachrichtigt.

Unsere Schwiegereltern hatten nicht nur vergessen, die Kerzen auszumachen, sie hatten (zum Glück!) auch vergessen, die Rollladen herunterzulassen! So konnten die Bewohner der Parallelstraße unser Feuer entdecken und Hilfe holen. Auch ihre neue Wohnsituation gehörte mit in den Plan, unser Haus zu retten. – So viele »Zufälle« konnte es gar nicht geben.

Wir waren alle sehr, sehr dankbar und freuten uns an diesem Weihnachtsfest besonders über unser schönes Zuhause!

Ferngesteuert

Wieder einmal genossen wir eine Mütterfreizeit. Einmal jährlich gönnten wir uns ein »Verwöhnwochenende«. Unsere Ehemänner versorgten die Kinder – oder die Omas sprangen ein. Wir konnten wirklich ganz abschalten, gut essen, viel erzählen, wandern und einen bunten Abend genießen, an dem viel gelacht wurde.

So ein Wochenende lag hinter uns und wir waren in bester Stimmung. Alle freuten sich auch wieder auf »den Rummel« zu Hause. Die Männer würden uns dankbar abholen. Es war wieder schön gewesen, aber es regnete aus Kübeln. Wir saßen in einem Linienbus, der uns »über die Dörfer« zu unserem Bahnhof fahren würde.

Aber was machte denn unser Busfahrer? Er verließ die Strecke, fuhr wirklich über die Dörfer – und hatte hier und da noch etwas zu erledigen! Er traf Absprachen mit Bekannten – unglaublich! Da lachten wir noch. Doch dann stieg eine »flotte Blondine« ein. Sie war sehr attraktiv – und blieb auch noch bei dem Busfahrer stehen. Er war so abgelenkt, dass er vergaß, dass er der Fahrer war. Er himmelte sie an und konnte seinen Blick nicht abwenden. Was kümmerten ihn die Kurven des Straßenverlaufs? Was die regennassen Straßen?

Wir waren entsetzt – und eigentlich nicht lebensmüde. Einigen Fahrgästen wurde ganz schlecht und sie verfärbten sich. Auf unsere Zurufe reagierte der Fahrer nicht. Wo würden wir landen? Dann sagte eine Frau laut durch den Bus: »Kinder, wusstet ihr noch nicht, dass dieser Bus ›ferngesteuert‹ ist? Habt keine Angst! Wir werden heil ankommen.«

Wir sind heil angekommen. Aber heute noch, nach 30 Jahren, kann sich jede Teilnehmerin an unsere Panik erinnern.

Ich dachte nach: Sind wir uns eigentlich immer bewusst, wer uns steuert? Es ist lebensnotwendig, dass wir den richtigen »Busfahrer« haben – und nicht so einen fahrlässigen »Haldodri«!

Führen und geführt werden

Arbeit mit Jugendlichen oder Erwachsenen ist nun mal nicht das Gleiche. Viele Jahre arbeitete ich mit Jugendlichen – hauptsächlich mit Mädchen ab 16 Jahren. Wir konnten über alles diskutieren, sodass »die Fetzen flogen«. Sie sagten mir immer, was sie dachten – auch das, was sie von mir und meinen Ansichten hielten! Wir wussten gegenseitig, woran wir waren. Keiner brauchte hinter dem Rücken eines anderen seine Meinung zu sagen. Klar und eindeutig war unser Miteinander. Ich fand das toll.

Wie ganz anders ist das bei Erwachsenen. Sie sagen selten ihre Meinung frei heraus. Sie trauen sich nicht! Sie »schonen« den, an dem sie Kritik üben – oder scheuen deutliche Gespräche. Sie könnten ja ihre Meinung ändern müssen? Jedenfalls war ich unsicher und fühlte mich bei den Jugendlichen besser aufgehoben.

Der Pfarrer unserer Gemeinde hatte mich gebeten, auch noch den Mütterkreis zu übernehmen. Ich wollte nicht. Aber ich sollte wohl doch »ran«. Ein guter Einstieg, um die Frauen des Mütterkreises kennenzulernen, war eine gemeinsame Freizeit. Ich wurde also eingeladen. Das Programm war gut durchdacht. Ein Verwöhnwochenende für uns Frauen. Es hätte so schön sein können. Die Unterkunft war gut, das Essen schmeckte, ich glaube, auch das Wetter spielte mit. Wenn nicht das Abendprogramm zum Thema »Führen und geführt werden« gewesen wäre!

Wir »zogen« unsere Partnerin per Los. In der ersten Runde führte A – und B ließ sich führen. Anschließend wechselten wir die Rollen. Es war einfach furchtbar! Meine Partnerin gab sich große Mühe. Sie führte mich vorbildlich, behutsam, erklärte mir alles, ließ mich Pflanzen und Geländer fühlen – und trotzdem war ich skeptisch! Ich tastete mich voran, als gäbe es keine Führung, keinen engen Kontakt zu ihr. Ich machte sie traurig. Dann war ich dran. Meine Partnerin ließ sich vertrauensvoll führen – und alles erklären. Sie vertraute mir – und ich schämte mich!

Sie hatte sich genauso um mich bemüht. Ich hatte ihr mit meinem Verhalten gezeigt, dass ich ihr nicht vertraute.

Es war für mich eine harte, einmalige Lektion: So, genau so lässt du dich von Gott führen! Er gibt sich so viel Mühe, dir zu zeigen, wo es lang geht. Du hast ein »Geländer«. Du kannst dich festhalten. Und trotzdem tust du so, als wärst du alleine im Dunkeln ...

Zehn Jahre lang waren wir ein gutes »Gespann« – die Mütter und ich! Der Kreis ist gewachsen, hält fest zusammen und wird schon 20 Jahre lang von einer »anderen Mutter« geleitet.

Gelbe und andere Engel

Wir hatten den Geburtstag unserer Tochter gefeiert. Es war wieder einmal ein schönes Familienfest gewesen. Abends mussten vier Autos wieder zurück nach Wuppertal. Im Verkehrsbericht wurde freie Fahrt gemeldet – nur der Abschnitt Kamener Kreuz war in der Gegenrichtung gesperrt. Eine Brücke sollte abgebaut werden. Wir fuhren alle los und hatten freie Bahn.

Bis plötzlich gar nichts mehr lief! Alle Spuren zu, einschließlich der Standspur. Jeder wollte schnell nach Hause – keiner dachte mehr an Sicherheit! Keiner nahm Rücksicht. Es herrschte das absolute Chaos. Da stand ein Auto mit Pannenhilfe am Rand. Ratlose Gesichter. Ich dachte: »Die Armen. Jetzt, in diesem Chaos, hier mit einem Schaden zu stehen!« – Kurz danach standen wir.

Unser Kühlwasser kochte – wir standen in dichtem »Nebel«. Das durfte nicht wahr sein! Wir »hingen« inzwischen stundenlang im Stau – stehen – weiterkriechen – stehen ...

Nun war das Kühlsystem defekt. Wir standen denkbar ungünstig. Die Standspur und alle anderen Spuren waren absolut zu. Wir konnten nur die Warnblinkanlage einstellen, den

ADAC anrufen, aussteigen und warten. Warndreieck aufstellen, aber wohin? Wir konnten uns und andere nicht mehr sichern. Meinem kranken Herzen bekam diese Aufregung überhaupt nicht! Wenn ich jetzt noch einen Krankenwagen bräuchte? Nicht auszudenken! Es käme kein Rettungsfahrzeug durch! Alle vorbeikriechenden Autofahrer sahen sich neugierig unser dampfendes Auto an und fuhren, so sie konnten, weiter. Keiner bot Hilfe an – schon deprimierend.

Dann »überholte« uns ein mittelgroßer Lkw. Der Autofahrer lehnte sich aus dem Fenster und fragte: »Können wir euch helfen?« – »Wir haben gerade den ADAC angerufen. Der wird kommen und uns abschleppen. Danke!« – »Wir helfen aber gerne!« – Aber was sollten sie tun? Wir brauchten professionelle Hilfe. Der Fahrer: »Okay! Wir beten für euch!« Er nickte mir freundlich zu – und noch einmal: »Wir beten!« – Das konnte doch nicht wahr sein! Mitten in diesem Chaos – in unserer Not – sagt uns ein Lkw-Fahrer: »Wir beten.« – Es half mir durch. Meine Herzprobleme waren nicht verschwunden, aber ich konnte damit umgehen. Kurze Zeit später hält hinter uns – einfach so – ein Polizeiauto! »Wo kommen Sie denn her?« »Rein zufällig! Wir hängen genauso in diesem Chaos fest wie Sie.« Die netten Polizistinnen bestätigten das defekte Kühlsystem und »sicherten« zuerst einmal. Ruckzuck war die Standspur frei! Unser Warndreieck wurde aufgestellt und wir an die Leitplanke gewiesen. Dann funkten sie noch einmal den ADAC an, damit es schneller funktionierte.

Nach eineinhalb Stunden kamen die »erlösenden« Blinklichter auf uns zu! Ganz langsam näherte sich unsere Hilfe. Ein netter, sehr hilfsbereiter Mann hatte schnell »alles im Griff«! Er zog unser Auto auf die Ladefläche und klärte die Art der Hilfe mit seiner Zentrale. Schon fuhren wir mit unserem Auto »huckepack« Richtung Wuppertal. Es stellte sich heraus, dass unser Vorgänger vier Stunden auf Hilfe gewartet hatte. In Dortmund war parallel zu unserem Verkehrschaos eine Großveranstaltung. Die Besucher hatten die Stadt »zugeparkt« und sorgten damit für viel Arbeit für den Abschleppdienst. Unser »Gelber Engel« hatte also eigentlich keine Zeit für uns. Aber die Münchener Zentrale gab ihre Zustimmung. Wir konnten es nicht fassen, als wir nachts um 2.15 Uhr wieder vor unserer Haustüre standen.

Durch eine Panne im Info-Dienst innerhalb der Familie galten wir als vermisst. So hatte unsere ganze Familie für uns »sturmgebetet!«

Ich habe mir das Autokennzeichen des Lkw-Fahrers so gut merken wollen, aber es ist weg.

Ich möchte dir, lieber Beter, so gerne sagen, wie deine (eure) Gebete erhört wurden: Sie halfen mir, ruhig zu werden und mich immer wieder zu erinnern: Da ist jemand, der betet! Gott schickte uns schnellstens durch zwei »zufällig« ankommende Polizistinnen Hilfe und schützte uns vor noch mehr Leid! Gott schickte uns einen wunderbaren »Gelben Engel« vom ADAC, der uns menschlich und fachlich so gut half. Gott sorgte durch eine »Panne«, mitten in der Nacht, für eine betende Familie. Und Sie, liebe Leser, sollten von dieser wunderbaren Chaosgeschichte erfahren!

Noch einmal, lieber Lkw-Fahrer, es begab sich am Sonntag, dem 25. Juni 2005, auf der A 1, Richtung Bremen, Kamener Kreuz, Abfahrt Hamm/Bergkamen, um ca. 23 Uhr. Danke für deinen Mut – und danke für eure Gebete! Sie haben Gott bewegt, uns zu helfen.

Gesegnet

Viele Monate war ich krank. Mehrere Klinikaufenthalte waren nötig. Da war keine Kraft mehr zum Leben. Die Medikamente halfen nicht weiter. Beten war für mich schwierig geworden. Gott war so weit weg. Das war eigentlich das Schlimmste.

Immer wieder kam mir eine Stelle aus der Bibel in den Sinn: »Wer krank ist, der rufe die Presbyter der Gemeinde, damit sie mit ihm beten. Gott wird den Kranken aufrichten – und es wird besser mit ihm werden.« (Jakobus 5) Das wollte ich aber nicht! Was würden die wohl von mir denken? »Wichtigtuer!« – »Es gibt auch noch andere Kranke!« ... Es ist in unserer Gemeinde nicht üblich! Vielleicht will es auch niemand? ... Trotzdem fragte ich mutig unseren Pfarrer. Er musste das natürlich im Presbyterium besprechen. Viele Wochen vergingen. Ich hörte nichts. Es ging mir schlechter. Ich wurde noch unsicherer. Hatte ich etwas falsch gemacht? Ich fragte noch einmal nach. Dann, eines Abends, war es so weit. Zwei Presbyter kamen mit unserem Pfarrer, um mit mir zu beten – und mich zu segnen! Es war für uns alle ungewohnt. Aber darauf kam es jetzt nicht an. Wir spürten, dass Gott dabei war. Wir standen nicht unter dem Druck: Heute muss etwas passieren! Wir wollten einfach gemeinsam meine Not vor Gott bringen, unser Herz ausschütten – und es sollte Gottes Zuspruch für mich »spürbar« werden. Wir sangen, beteten, ich erzählte meine Not. Dann nahm die Presbyterin meine Hand, legte sie in ihre – und salbte mich mit einem Kreuzzeichen in meine Hand. Dabei sprach sie ein liebevolles Gebet und bat Gott darum, dass er mir gut tun möchte.

Das war kein langer Besuch – nichts Spektakuläres. Wir hatten nur gehorsam das getan, was da in der Bibel steht. Nun war es – und ich – in Gottes Hand. Es ging mir körperlich nicht besser. Lange blieb alles, wie es war. Mit einem Unterschied: Ich fühlte mich geborgen. Dadurch konnte ich besser mit meiner Not umgehen. Und in ganz kleinen Schritten ging es mir auch gesundheitlich besser. Das Team, das gekommen war, um mich zu segnen, freute sich natürlich jetzt mit mir. Es war für uns alle eine neue, gute Erfahrung. Gott will uns sicher öfter Gutes tun, als wir denken. Manchmal müssen wir dazu neue, ungewohnte Wege gehen.

Da saß ich am Sonntag in unserem Gottesdienst und erlebte mit, dass sich viele junge und alte Menschen segnen ließen. Neu für unsere Gemeinde! Aber die Sehnsucht nach dem »spürbaren« Segen Gottes ist deutlich. Ich möchte den Kranken und Mutlosen Mut machen: Bitten Sie Ihren Pfarrer, Sie mit einem Team aus dem Presbyterium zu besuchen, um mit Ihnen zu beten – und vertrauen Sie darauf, dass Gott Sie »aufrichten« wird!

Viel Mut!

»Hast du eine Macke?«

Christival 1988 in Nürnberg. Ein Treffen von einigen 1000 Jugendlichen. Sie hatten sich gewünscht, einmal »alte Hasen löchern zu dürfen«. Zu Deutsch: Sie wollten erfahrenen älteren Christen ehrliche Fragen stellen – und rechneten mit ehrlichen Antworten. Eine tolle Sache! Aber wer stellte sich zur Verfügung? Es waren nicht genug. Wir kürzten unseren Urlaub und fuhren über Nürnberg nach Hause. Mein Mann und ich fanden diesen Wunsch der Jugendlichen super. Sie haben ein Recht darauf, von älteren Christen zu erfahren, was diese nicht »in den Griff bekommen haben« – oder wie sie mit ihren »Macken« umgehen.

Wir wurden zugeordnet: Jede Gruppe Jugendliche – 15 bis 18 Personen – hatte einen »Alten«. Nur die letzte Frage durfte der ältere Teilnehmer stellen. Sonst war sein Part, Fragen zu beantworten. Die Jugendlichen waren sehr offen. Es war eine ehrliche Runde! Die Frage nach meiner Macke wurde gestellt: Ob ich mit irgendetwas nicht fertig würde, obwohl ich mit Gott lebe und an ihn glaube?

Spontan sagte ich: »Ja! Ich habe ein Problem mit Katzen! Ich hatte mehrere Kindheitserlebnisse mit unberechenbaren Katzen. Ich habe

Angst vor ihnen!« – Schallendes Gelächter! Aber sie fanden es doch mutig, so ehrlich eine Schwäche zuzugeben. Sie fragten dann, wie ich damit umgehe. Ich erzählte den Jugendlichen, dass wir z. B. eine Reisegruppe nach Kreta begleiten sollten. Ich wusste, dass es dort viele wilde Katzen gibt. Ich hatte keine Angst vor den Diensten und dem Begleiten der Gruppe – aber vor den Katzen! Ich sprach darüber mit einer Freundin. Sie versicherte mir: »Das Problem kannst du abhaken! Mein Mann und ich werden intensiv für dich beten! Ich weiß nicht, wie Gott dir hilft, aber er wird dir helfen!«

Wir mussten in Athen umsteigen. Der Flieger startete. Neben mir, im Gang, saß eine dicke Katze! Ich wusste, wenn das Flugzeug jetzt startete, würde sie in Panik geraten und sicherlich auf meinem Schoß landen! Ich hatte unglaubliche Angst – und konnte nicht weg! Ich flehte innerlich um Hilfe – und erinnerte mich an das Versprechen meiner Freundin. Sie würde beten. Ganz sicher. Jetzt kam die Probe. Würde ich vertrauen?

Während des Starts schoss die Katze unter den Sitzreihen nach vorne. Alle schrien: »Katze an Bord!« Ein Gast hatte sie hereingeschmuggelt. Das Tier wurde eingefangen – ich war wieder »in Sicherheit« ...

Zum Schluss kam ein junges Mädchen zu mir

und bedankte sich besonders für meine »Katzengeschichte«. Sie hatte das gleiche Problem – aber ihre Freunde behandelten sie mit Schocktherapie. Sie sah in meiner Situation den Unterschied, dass Freunde auch die Schwächen des anderen ernst nehmen und dafür beten können. Sie war so froh, verstanden zu sein ...

Ich fragte die Gruppe, warum es so wenig Miteinander der Generationen in den Gemeinden gäbe.

Sie sagten wie aus einem Mund: »Weil die Älteren immer so perfekt tun! Sie geben keine Schwächen zu wie du heute! Es tut uns gut, wenn du offen über deine Schwächen sprichst. Damit machst du uns Mut, auch über unsere Schwachstellen zu sprechen. Du bleibst auf unserer Ebene. Du gibst uns nicht das Gefühl, Versager zu sein. Das ist der Unterschied.«

Es gab noch ein Bonbon: Bekannte aus Wuppertal hatten mich gebeten, ihren Enkel zu grüßen. Er würde auch zum Christival fahren. Ich kannte ihn nicht. Und dann unter der Menge Jugendlicher? Wie sollte das denn gehen? Wir hatten den Wunsch begraben. – Dann, nach der Fragerunde, kommt ein junger Mann zu mir und fragt: »Du kommst aus Wuppertal? Meine Großeltern wohnen auch dort. Kannst du sie wohl von mir grüßen? Sie würden sich bestimmt freuen.« Er nannte mir den Namen *unserer Bekannten!* Es war wichtig – und für alle Beteiligten eine Stärkung.

»Hier lass uns Hütten bauen!«

Die Welt in Eritrea ist eine andere, von wegen: die Armen. Die Menschen dort sind reich!

Ja, sie haben nicht genug zu essen. Sie leben ständig in Angst vor neuen Unruhen und Überfällen.

Es regnet nicht – oder zur falschen Zeit. Das Vieh bekommt nicht genug Futter – und gibt daher kaum Milch ... Viele junge Menschen (die Altersversorgung der Eltern) starben im letzten Krieg – oder überlebten behindert. Das alles stimmt. Da brauchen die Eritreer dringend unsere Hilfe.

Wir sind im Waisenzentrum von Decamhare. Wir besuchen die einzelnen Schulklassen. Da hören wir Musik. Wir öffnen eine Tür – und sehen eine bunt gemischte Klasse mit Schülern, die für Weihnachten üben. Der Chorleiter – ein etwa zehnjähriger Junge – gibt die Einsätze, stoppt den Chor bei Fehlern, korrigiert – und das Tollste ist: Alle hören auf ihn. Er ist eine Autorität!

Wir können das nicht fassen – und versetzen uns in unsere Schulsituationen in Deutschland. Undenkbar! Dabei müssen Kinder in Eritrea wirklich noch gehorchen. Die Erwachsenen sind absolute Respektspersonen. Alte werden geachtet, Kranke besucht und betreut. Das ist ganz selbstverständlich. Aber Kinder sind wichtig – und geliebt. Die Lehrer des Waisenhauses entdecken und fördern ihre Gaben und trauen diesen Kindern etwas zu. In diesem Klima können Kinder gut gedeihen.

Am Abend besuchen wir den gemeinsamen Gottesdienst im Waisenzentrum. Kinder, Lehrer, Leiter und wir. Die Männer sitzen links, die Frauen rechts. Es wird viel und laut gesungen, Chöre des Waisenhauses gestalten den Gottesdienst mit. Zwischendrin gehen Kinder nach vorne und berichten den Gottesdienstteilnehmern, was sie in der Woche erlebt haben. Wo Gott ihnen geholfen hat. Die Kinder lernen auf diese Weise, früh frei zu sprechen – und machen gleichzeitig anderen Mut.

Ich darf auch zu den Kindern sprechen und werde von Englisch in Tigrinia übersetzt. Die Kinder bezeichnen mich als ihre Mutter, den Lehrern bin ich eine Schwester. Wir sind eine große Familie – und zeigen das auch:

Nach dem Gottesdienst – es ist inzwischen stockdunkel – erzählen wir draußen auf dem Schulhof weiter! Über uns ein fantastischer Sternenhimmel! Man kann ihn nicht beschreiben. Man kann nur staunen über die riesigen unzähligen Sterne und die Mondsichel, die »falsch« am Himmel steht! Der Himmel – und

Gott! – ist so nah! Beten ist Freude. Man muss sich nicht durch so viele »Dreckschichten« *hindurchbeten.* In Deutschland ist beten für mich oft anstrengend, ein Kampf. Hier nicht. Es ist Erholung – frei sein – gehört werden! In diese Empfindungen hinein sagt einer der Leiter: »Schwester Hanna, hier lass uns Hütten bauen! Eine für euch – eine für uns ...« Er hat offensichtlich das gleiche Glück der besonderen Nähe Gottes empfunden.

In der Bibel wird uns in einer Geschichte berichtet, dass die Jünger eine gewisse Situation festhalten wollten. Sie wollten auch Hütten bauen. Aber auch da wurde es wieder Alltag! Der Abschluss dieser Geschichte der Bibel lautet: Sie sahen nur noch Jesus allein! Ich glaube, dass das wichtig ist! Wir können nicht »heiligen Atmosphären« nachtrauern – und mit unseren in Deutschland vergleichen. Das lähmt. Aber schön – und stärkend – war es trotzdem.

Hilflos!

Unsere Familie geht sonntags zum Gottesdienst. Unsere Kinder sind noch klein und gehen zur Kinderbetreuung, die parallel zum Gottesdienst angeboten wird. Sie wissen von Anfang an: Der Sonntag gehört Gott – und wir gehören in die Gemeinde! Es gab eine Zeit, ein paar Monate lang, da schrie unsere Zweite jeden Sonntag eine Stunde lang. Es war eine Zumutung für die Betreuung. Aber da mussten wir gemeinsam durch. Wir konnten uns nicht von dem Schreihals bestimmen lassen.

Ein neues Ehepaar besucht den Gottesdienst. Nachher holen sie ihre Kinder von der Kinderbetreuung ab, völlig aufgelöst und wild schreiend! Ich höre im Vorbeigehen die Mutter sagen: »Wie schade! Das kann man ja keinem zumuten! Ich hatte mich so auf die Gottesdienste gefreut!« Ich mische mich ein: »Das können Sie auch weiter! Das müssen Ihre Kinder lernen!« Ich spreche von unseren eigenen Erfahrungen – und davon, dass ich sie gut verstehen könne! Aber ich mache ihr Mut, durchzuhalten.

Zufällig hatten wir eine Strecke lang den gleichen Weg zu gehen. Mein Mann und unsere Kinder blieben im Kindergottesdienst. So ging ich alleine mit der »neuen« Familie nach Hause. Mir fiel kein Wort unterwegs ein! Wirklich nicht eines! Ich betete im Stillen, dass Gott mir doch helfen möchte, das Richtige zu sagen! Nichts! Ich war richtig hilflos. Ich fand es unmöglich und taktlos, so schweigend neben der Familie herzugehen. Der Mund war einfach verschlossen. – Wir verabschiedeten uns und trafen uns dann sonntäglich im Gottesdienst.

Einige Monate später wurde die Frau schwer krank. Ich besuchte sie: Krebs im Endstadium!

Nach dem Tod seiner Frau besuchte uns ihr Mann und fragte mich: »Können Sie sich an unsere erste Begegnung erinnern? An den ersten gemeinsamen Weg?« – Und ob ich das konnte! Ich sagte ihm, wie hilflos ich mir vorgekommen war. »Nein, nein. Als wir zu Hause waren, sagten wir beide: Da ist ein Mensch, der uns versteht. Dem wir uns anvertrauen können.« – Unglaublich!

Gerade mein Schweigen hatte ihren Herzen mit ihrem Kummer so gut getan. Gott braucht nicht immer unsere Worte – auch nicht die »guten«! Manchmal sollen wir einfach nur zuhören – alles andere macht er.

Hoffnung!

Wir feierten unsere erste Weihnachtsfeier der Obdachlosen. Viele gezeichnete Menschen kamen. Sie hatten sich teilweise Mut angetrunken, um die Schwellenangst zu überwinden. Wir schenkten ihnen Kaffee aus. Der tat gut! Beim Ausschenken sprach mich ein Mann an: »Weißt du, dass du schön bist?« – Nein, wusste ich nicht – und das bin ich auch nicht! Das wiederholte sich drei Mal. Ich sagte, er möge es doch meinem Mann sagen – und zeigte auf den Mann dort vorne. »Au! Scheiße! De Stieglitz?« Er war schlagartig nüchtern! Meinen Mann kannten sie schon aus der Obdachlosenarbeit.

Wir verwöhnten unsere Gäste mit viel Kaffee und leckeren selbst gebackenen Kuchen. Sie genossen es. Ein schönes Programm folgte – mit einem Anspiel um vier Kerzen: der Kerze des Vertrauens, der Freude, des Friedens und der Hoffnung. Jeder Mitarbeiter stellte seine Kerze vor – und verteidigte sie. Die anderen machten sie nieder! Wir sprachen aus dem Leben, aus der Politik, der Familie ... Jeder »Lichtträger« war überzeugt von seinem Licht! Vom Leben im Vertrauen, in der Freude, im Frieden und mit Hoffnung! Aber die anderen drei machten das Licht so madig, stellten es als total unglaubwürdig dar – und bliesen es aus! Es hatte keine Berechtigung zu scheinen!

Dann kam das Licht der Hoffnung dran. Ich stellte mein Licht vor: Es muss brennen, weil es sonst auch kein Vertrauen, keine Freude, keinen Frieden geben kann! – Dann legten die anderen los.

»Es ist zu schwach! Blas es aus! Was richtet es aus bei den Armen? ...«

Die Gäste schrien spontan: »Blas bloß dat Licht nich uus! Dann können wer uns ja gleich en Strick nehmen! Nee! Dat muss brennen!« Ab da spielten sie mit. Es war gar nicht so vorgesehen!

Aber wir Mitarbeiter gingen darauf ein. Es wurde die schönste Weihnachtsfeier, die ich je erlebte.

An den Tischen fanden viele Gespräche statt. Männer und Frauen erzählten erschütternde Erlebnisse. Hätte ich diese Schicksalsschläge durchlitten? Was wäre wohl aus meinem Leben geworden? Nein: Die Kerze der Hoffnung durfte nicht ausgepustet werden!

Einige dieser Männer machten eine echte Kehrtwendung – und sind heute wichtige Mitarbeiter in der Arbeit unter Alkoholikern.

Hoher Besuch

War das eine Aufregung: James Irwin kam zu einer Veranstaltung nach Wuppertal!

Wo sollte er schlafen? Wer würde ihn versorgen? Wer konnte englisch sprechen? Ich weiß nicht, warum, ich weiß nur, das Los fiel auf uns! Oh Schreck!

Unser Englisch war nicht gut, also übten wir bei Tisch und wo immer die Gelegenheit dazu war. Unser Gästezimmer war klein und wurde zur Zeit von unserem Sohn bewohnt. Er wurde kurzfristig umquartiert und das Zimmer gestrichen. Alles war einladend schön und sauber, aber James Irwin kam nicht. Das volle Programm ließ es nicht zu. Wir hatten alles so gut vorbereitet. Er sollte sich bei uns wohl fühlen – und unsere Englischkenntnisse hatten wir auch verbessert. Na ja!

Wir taten unseren Dienst – und erfuhren dann, dass James Irwin doch eine kurze Pause zum »Auftanken« gebraucht hatte. Er hatte in unserem kleinen Gästezimmer ein Nickerchen gehalten, ohne unser Wissen, ohne unser Englisch, einfach so!

Sicher waren wir zuerst enttäuscht. Aber will Gott es nicht genau so? Wir sollen bereit sein, gastfrei unser Bestes tun. Aber dann bleibt alles seine Sache. Ob und wann er kommt und in welcher Gestalt, behält er sich vor. Schön, wenn er sich bei uns wohl fühlen konnte!

»Ich habe kein Mitleid!«

Eine herzlose Geschichte? Nein, ich finde, eher eine mutige Geschichte!

Ich lag schon lange immer wieder im Bett. Ich wurde immer schwächer. Mein Herz machte Probleme, meine Gelenke, mein Rücken. Ich hatte resigniert! Ich wünschte mir, meine Kinder würden mich besuchen. Sie kamen nicht. Ich beschwerte mich bei meinem Mann. Er sprach mit unserem Sohn. Wir wohnen im selben Haus. Er kam – und brachte seinen kleinen Sohn mit. »Ganz schön clever!«, dachte ich. So konnte ich ihm nicht das sagen, was ich vorhatte.

Stattdessen legte er los: »Mutter, ich habe kein Mitleid! Ich mache hier keinen Krankenbesuch – und auch nicht in Zukunft. Du hast dich selbst in diese Lage gebracht. Du hast nie etwas für dich getan! Immer nur ›die anderen‹. Wann bist du spazieren gegangen? Wann hast du aufgetankt? Wann? – Dir wird es noch schlechter gehen! Warum betest du, wenn du nicht selbst dein Bestes für deine Gesundheit tust? Ich habe keine Hoffnung mehr für dich! Außer ...«

Dann bot er mir an, täglich mit mir spazieren zu gehen. Seine Familie hat einen »Golden Retriever«. Unser Sohn ging jeden Tag eine große Runde mit ihm. Aber *ich* sollte dann das Tempo und die Länge der Runde bestimmen! – Ein liebevolles Angebot!

Das war's. Er ging! Er hatte ja nicht ganz Unrecht. Die Worte saßen jedenfalls. Ich wusste, er meinte es gut. Am nächsten Morgen, um zehn Uhr, stand er in der Tür. »Wie, du liegst noch im Bett? Es ist mir ernst!« Ich wusste: Wenn ich jetzt nicht mitging, dann war's das. – Ich kämpfte sehr, mir ging's wirklich erbärmlich! – Aber …

Nach 15 Minuten stand ich an der Haustüre. Ob das wohl gut gehen würde? – Wir machten eine Runde – bei schlechtem Wetter! Ich war nass geschwitzt vor Schwäche! Manchmal blieben wir stehen, ansonsten schlichen wir! Aber wir kamen wieder beim Auto an. Mein Sohn nahm mich in den Arm und sagte: »Mutter, ich habe wieder Hoffnung für dich! Toll! Ich bin stolz auf dich!« Täglich machten wir dann »unsere Runde«. Ich wurde fitter. Wir schafften es bald in der halben Zeit. Es ging mir deutlich besser. Nach einer Zeit schaffte ich die Runde sogar ohne meine Gehhilfe! Unsere offenen Gespräche wurden eine wunderschöne »Zugabe«. Wir haben beide davon profitiert.

Kann ein Sohn so zu seiner Mutter sprechen? Ja, er kann, wenn es aus Liebe und Fürsorge geschieht. Er brauchte sicher viel Mut dazu – und es hat ihm keinen Spaß gemacht. Es tat mir weh. Aber es half gleichzeitig, mich zu überwinden. Es gehört Mut dazu, so mit seiner Mutter zu sprechen – und Demut, solche Ermahnung anzunehmen. Aber wir wurden beide belohnt!

»Ich werde Kommunist!«

Mein Vater war elf Jahre alt, als sein Vater starb. Er war der Älteste von vier Geschwistern. Seine jüngste Schwester war erst zwei Jahre alt! Das hieß: Not! Viel Not! Die Mutter, meine Oma, musste mit Heimarbeit die Kinder ernähren. Mein Vater, der elfjährige Junge, trug die Verantwortung für die Familie. Er half, wo er konnte, und trug auch Zeitungen aus. Er wurde früh erwachsen. Eine unbeschwerte Kindheit kannte er nicht.

Eines Tages bekam die notleidende Familie Pflaumen geschenkt. Alle freuten sich! Oma backte einen Pflaumenpfannkuchen. Da kam Besuch. Ein Beauftragter der Gemeinde sollte einen kleinen Betrag zum Einkauf von Lebensmitteln vorbeibringen. Er kam in die sehr bescheidene Wohnung, roch – und sah den Pfannkuchen – und meinte: »Wenn ihr noch Pflaumenpfannkuchen essen könnt, seid ihr nicht arm!«, nahm das Geld – und verschwand!

Damals schwor sich der Junge – mein Vater: »Niemals will ich zu der Kirche gehören, die so mit den Armen umgeht!« Er erlebte noch viel Unrecht. Das prägte ihn. Er trat wirklich aus der Kirche aus – und hörte die Parolen der Kommunisten: »Freiheit – Gleichheit – Brüderlichkeit – für alle!«

Das war's. Das hörte sich gut an. Das roch nach Gerechtigkeit. Aus tiefster Überzeugung wurde er Kommunist! Er machte mit. Er war dabei. – Und er sah hinter die Kulissen!

Da war es auch nicht besser. Es waren nur leere Worte! Von wegen Gleichheit: Auch hier gab es Reiche, die auf Kosten der Armen lebten. Betrug. Korruption. Die Mittel, zum Recht zu kommen, waren alles andere als fair. Das war nicht das, was mein Vater wollte. Er hatte sich ehrlich für die Armen und Benachteiligten eingesetzt und gedacht, das sei sein Weg. Jetzt sah er sich betrogen. Er trat wieder aus.

Einige Zeit später wurde er Christ. Das hatte zunächst nichts mit einer Gemeinde zu tun. Er lernte Gott kennen – und übergab ihm sein Leben. Nun ging er als Christ in die Häuser der Armen. Da war er richtig. Er verstand ihre Nöte. Er hatte sie selbst erlebt und durchlitten. Als Betroffener konnte er auch in der Gemeinde den Mund auftun! Er wurde vielen zum Segen.

Ich denke, dass wir auch heute durch Lieblosigkeit in den Gemeinden viele Menschen verlieren. Sie haben ein genaues Empfinden für echtes Christsein. Sie wissen, ob wir glaubwürdig leben.

Jetzt seid *ihr* dran!

Es war schon eine große Versuchung: Unser Renault wurde altersschwach und rostete vor sich hin. Ein Leben ohne Auto konnten wir uns nicht vorstellen. Mit Bus und Bahn war ich gesundheitlich überfordert. Aber wie sollten wir an ein neues (gebrauchtes) Auto kommen?

Dazu reichte unser Erspartes bei Weitem nicht. Unsere Rente ist auch nicht so riesig. Also, was jetzt? Es war eine Rechenaufgabe, die nicht aufging – und ich kam wirklich in Versuchung, einen Lottoschein bei der »Aktion Sorgenkind« auszufüllen – und dachte gleichzeitig: »Es ist gemein: Ich traue Gott nicht zu, dass er eine Lösung hat, die ich noch nicht kenne. Er weiß doch, wie nötig – zu welcher Zeit und zu welchen Bedingungen – wir ein Fahrzeug brauchen!« Also füllte ich keinen »Schein« aus. Wir beteten, dass Gott sich kümmern würde – und dass wir das richtige Auto fänden. Unsere Kinder halfen uns bei den Vorinformationen und schalteten schon einmal alles Unbrauchbare aus.

Dann kam die Schreckensnacht auf der Autobahn! Für meinen Mann und mich war schlagartig klar: Das war's jetzt. Nun muss ein neuer Wagen her! Dieses Risiko mit dem alten

»Schlitten« können wir nicht weiter auf uns nehmen. – Aber wer zahlt?

Einige Leute erfuhren von unserem »Pech«. Da ruft mich eine Frau an: »Wir haben schon lange für eine bestimmte Sache gespart. Das hat aber nicht geklappt. Gestern las ich in der Bibel, dass es besser sei, als Armer unter Armen zu sein, als reich … Dann wusste ich direkt, damit sind Stieglitz' gemeint! Sie haben so viel für andere Notleidende getan. Jetzt sind Sie dran! Jetzt will Gott Ihnen Gutes tun! Als ich von der Sache mit dem alten Auto erfuhr, wusste ich: Das ist es! Ich überweise Ihnen 5000 €!« Nein! Das konnte ich nicht annehmen! Ich gebe lieber, als zu nehmen! – Aber ich muss meinen Stolz loslassen.

Danach rief mich eine andere Frau an: »Wisst ihr schon, wie teuer die Autoreparatur wird? Nein? Egal! Ich übernehme die vollen Kosten! Ihr müsst weiter sicher fahren können!«

Dann brachte eine liebe Freundin zwei Kuchen zum Einfrieren – für die Zeit mit unserem Besuch aus Eritrea!

Ich bin total beschämt von der Fürsorge Gottes. Zur Zeit zeigt er uns deutlich: Jetzt seid ihr dran! Jetzt ist meine Zeit, euch zu beschenken – und nicht eure Zeit, andere zu beschenken. Nehmt es an!

Meine Schwester rief an: »Na, wie geht es

euch? Habt ihr euch von dem Schrecken erholt?« Ich erzählte ihr von dem dicken Guss Segen, der sich im Augenblick über uns ergoss! Meine Schwester lachte: »Genau darum haben wir gestern gebetet! Toll, dass Gott so schnell unsere Gebete erhört!«

Wie gut, dass ich keine Lottoscheine ausgefüllt und mich dann mit einem schlechten Gewissen geplagt habe! Gott ist unglaublich erfinderisch – und es ist ihm eine Freude, seinen Kindern Gutes zu tun. – Fassen kann ich das Ganze immer noch nicht. Der alte ist nun wieder heil – und wir können uns in Ruhe um einen neuen Wagen kümmern!

»Kauft euch ein Haus davon!«

Befreundete Geschäftsleute haben die Not in Eritrea auf ihr Herz genommen und eine Spardose für unsere Arbeit in ihrem Geschäft aufgestellt. Wenn Kunden nach dem Preis für einen besonderen Service fragen, empfehlen sie »die Dose«. So entsteht Neugier: Was ist das denn? Wer tut diese Arbeit?

Die Geschäftsinhaber versorgen ein Patenkind – ihre erwachsenen Kinder jeweils auch. Die Fotos der Waisenkinder aus Eritrea sind für jeden sichtbar. Da fragt der fünfjährige Leo seine Mama: »Was sind das eigentlich für Kinder?« Seine Mama erzählt von den Kindern ohne Eltern in Eritrea, die jetzt im Waisenzentrum von Decamhare leben. Sie erzählt von der Not, dem Krieg, dem Hunger dort.

Leo denkt einen Augenblick nach. Dann bittet er seine Mama: »Bitte schreibe jetzt einen Brief an die Kinder in Afrika! Ich diktiere ihn dir! Ich will ihnen alles geben, was ich habe! Sie sollen keinen Hunger mehr haben!« Leo bat seine Mutter, alles von seinem Sparbuch zu nehmen – und es den Kindern in Afrika zu schicken. So landeten 10 € auf unserem Spendenkonto – und ich erhielt den von Leo diktierten Brief:

Geschrieben von Leo aus Wuppertal 25. 6. 2001
Liebe Afrikaner!
Euer Leo gibt euch Geld, für das ihr euch was kaufen könnt! – Und dass ihr nicht verhungern müsst! – Und dass ihr euch auch ein Haus kaufen könnt!

Diese Spende hat mich berührt wie kaum eine andere. Ein kleiner Junge öffnet sein Herz für die Not in der Welt. Er möchte nicht nur davon hören, er möchte etwas tun! Und er gibt alles, was er kann! Er macht seine Mutter zu seinem »verlängerten Arm« – und setzt sich ein. Ich schrieb ihm einen Danke-Brief. Er hat ihn in seinem »Ordner« abgeheftet – ganz obenauf – als wichtigstes Dokument.

Wie gut können wir Weichen stellen, wenn unsere Kinder noch klein sind. Wenn sie sehen, was uns wichtig ist, machen sie es uns gerne nach. Wenn ein Dankeschön kommt, fühlen sie sich geehrt und bestätigt. Ich bin sicher, wenn Leo ein Geschäftsmann wird, auch wenn er reich werden sollte, wird er ein Herz für »die Armen« behalten. Solche Erlebnisse machen mich glücklich.

Leo ist nicht der Einzige, über den ich staune. Da sind Witwen, die sich zusammenschließen für eine Patenschaft, junge Leute, die noch keinen Verdienst haben, aber jobben gehen für ein Patenkind, oder im Studium, in der Ausbildung, 30 € monatlich beiseite legen und für ein Kind in Eritrea sorgen!

Ich schrieb dem Leiter der Faith Mission, unserem Partner in Eritrea, übersetzte ihm Leos Brief und legte ein Foto von ihm dazu. Ich berichtete, dass dies unser »Markenzeichen« ist: Viele einfache Menschen, Kinder und Jugendliche geben ihr Bestes, beten für Eritrea und lieben die Menschen dort!

Die Antwort war: »Eure Liebe tut uns mehr gut, als die guten Spenden, die wir auch nötig brauchen! Aber die Welt sieht weg – ihr seht hin!«

»Kind, spring!«

Unzählige Male hat Gott mich von Kind an bewahrt! Glück gehabt? Nein, ich wurde bewahrt.

Ich kam mittags von der Schule nach Hause – musste aber nachmittags wieder zum Unterricht gehen. Wir konnten zu Hause Mittagessen – für mehr war die Zeit zu knapp.

An einem sonnigen Tag bog ich gerade in unsere Straße ein, war 20 m von meinem Elternhaus entfernt, da kam eine Frau um die gegenüberliegende Biegung und schrie laut: »Kind! Spring in den Zaun!« Da war gar kein Platz zum Springen! Es war wirklich nur noch der Gartenzaun! Was sollte das? Ich sah keine Gefahr. War die Frau krank? Das waren Sekunden! Ich hörte quietschende Räder – sprang – ein Auto sauste knapp an mir vorbei – über den Bürgersteig! – bog scharf nach links – über die Straßenbahnschienen! – wieder scharf rechts – links – und blieb dann in einer Hauswand stehen. Im gleichen Augenblick kam eine fröhliche Kindergartengruppe um die Ecke! Das war knapp. Es hätte um ein Haar viele Tote gegeben. Zitternd ging ich nach Hause. Ich war weiß wie eine Wand und erzählte, was ich gerade erlebt hatte.

Gemeinsam gingen wir der »Spur« nach – und sahen das Auto in der Hauswand. Verstörte Kinder – aber noch verschrecktere Kindergärtnerinnen. Nachbarn – und natürlich den Fahrer mit seinem Beifahrer. Sie waren fix und fertig.

Es stellte sich heraus, dass der Beifahrer seinem Freund das Auto für eine Probefahrt geliehen hatte. Dieser sollte bald den Führerschein machen und wollte noch »ein wenig sicherer werden«! Nachdem er den ersten Fehler gemacht hatte, war er über die Kreuzung gebrettert und hatte die Kontrolle über das Fahrzeug verloren. Jetzt standen sie unter Schock. Wie wäre das normalerweise ausgegangen? Es hätte viele Tote gegeben. Ich wäre die erste Tote gewesen!

Konzert der Liebe

Stefan, ein lieber, junger, musikalischer Freund, war Neuling in unserer Gemeinde. Er fühlte sich aber schnell wohl. Nach den Gottesdiensten, bei einer Tasse Kaffee, konnten wir uns austauschen. Die Zeit reichte nie! Wir luden ihn immer mal wieder ein und hatten dann genügend Zeit zum Berichten und zum Beantworten vieler Fragen. Es war gut, mit einem ehrlichen jungen Mann zu reden. Nachdem Stefan uns einige Male besucht hatte, lud *er* uns ein – zu einem Konzert!

Es fand *in unserem Wohnzimmer* statt. Stefan rückte die Möbel zurecht und gab letzte Anweisungen vor seinem Auftritt. Mein Mann und ich waren die einzigen Zuhörer. Nur für uns gab Stefan ein wunderschönes Akkordeonkonzert. Er erklärte jedes Stück – und bat uns, sein wertes Publikum, erst nach Schluss zu applaudieren – wenn uns sein Vortrag gefallen hätte. Wir applaudierten kräftig! Er entschied sich für eine *Zugabe!* Alles nur für uns zwei.

Stefan hatte sich überlegt, nicht immer nur zu *konsumieren!* Er wollte uns auf seine Weise mit seinen Gaben erfreuen – und es wurde ein voller Erfolg!

Stefan ist ein bescheidener junger Mann. Er

denkt nicht groß von sich! Als ich ihm sagte, wie glücklich mich schon allein seine Idee gemacht hatte, freute er sich sehr. – Warum tun wir uns so schwer, andere mit unseren Gaben zu erfreuen?

Luchia

Im August 1990 verlor eine 24-jährige Mutter von vier kleinen Kindern durch einen Raketenangriff beide Beine! Man operierte sie und tat alles, was man in Eritrea tun kann, um die junge Frau zu retten. Zurück blieb eine tapfere Frau, die auf ihren Ellenbogen durch die kleine Wohnung robbte, um ihre Familie zu versorgen. Ein ganz kläglicher Zustand! Da dieser Angriff in unserem Waisenzentrum war und Luchia dort mit ihrer Familie wohnte, fühlten wir uns »mitverantwortlich«. Luchia quälte sich zwei Jahre lang in diesem Zustand.

Wir brauchten mindestens 5000 € – und informierten den Freundeskreis. 4000 € würden alleine die Beinprothesen kosten, dazu die Flugkosten und Unterbringung. Der Hilferuf wurde gehört. Viele kleine Summen machten ein wertvolles Ganzes. Dann schenkte uns ein Spender 2500 €. Wir waren fassungslos und konnten Luchia nach Deutschland einladen. Eine eritreische Familie versorgte sie lieb. Ein besonderes Geschenk war ein tüchtiger und taktvoller Prothesenbauer. Nachdem Luchia nun ihre »neuen Beine« hatte, musste sie viel üben. Es war schwer für sie, das Gleichgewicht zu halten und sich aus der Hüfte heraus, in kleinen Schritten vorwärts zu bewegen. Aber sie vertraute Gott. Leider konnten wir uns nicht auf Englisch unterhalten und brauchten immer einen Dolmetscher.

Dann flog Luchia wieder nach Eritrea zurück mit ihren Beinprothesen und einem neuen Rollstuhl, den ihr eine Firma geschenkt hatte. Sie war in ihrer Gemeinde, in Eritrea, ein Vorbild im Vertrauen auf Gott. Bei jeder Veranstaltung sah man sie. Ein kleines Dreirad machte ihr den Weg zur Gemeinde möglich. Das Zuhause der Familie war sehr arm – aber innerlich war sie reich. Die Kinder halfen der Mutter im Haushalt. Auch ihr Ehemann stand ihr liebevoll zur Seite. So ging es einige Jahre.

Im letzten Jahr wurde Luchia noch einmal schwanger. Ich dachte: Muss das sein? Immerhin hatte sie zwei Beinprothesen und war nicht wirklich belastbar. Kurz vor dem Geburtstermin des Babys starb ganz plötzlich ihr ältester Sohn. Keiner wusste genau, warum. Ein riesengroßer Schmerz und Verlust für die ganze Familie. Luchia: »Gott wusste im Voraus, *wann* er meinen Jungen zu sich nehmen würde – und *warum*. In seiner Güte schenkte er mir schon vorher *seinen* Ersatz. Gott ist so gut zu mir!«

Dieses absolute Vertrauen wünsche ich mir auch.

»Meckerstunde«

Wie oft habe ich mich als Kind ungerecht behandelt gefühlt! Wie gerne hätte ich erklärt, was wirklich passiert war und warum. Ich konnte mich auch nicht für Dinge entschuldigen, die ich gar nicht getan hatte. Aus der Sicht der Eltern war das Sturheit. Sie hatten in der Regel nur das Endergebnis mitbekommen. Also bekam ich öfter eine nicht gerechtfertigte Strafe, durfte aber nichts klarstellen. Als wir Kinder waren, hatten die Eltern eigentlich immer Recht. Oft habe ich gedacht: »Wenn ich Kinder bekommen sollte, mache ich alles anders!«

Die erste Hürde war aber nicht für unsere Kinder zu nehmen, sondern für mich! Da ich nicht gelernt hatte, über Ungerechtigkeiten offen zu sprechen, schluckte ich auch als junge Ehefrau meinen Ärger herunter. Zum Glück ging mein Mann anders damit um, als ich es gedacht hätte. Er ließ das Schweigen nicht zu. Er hatte in seiner Familie gelernt, die Dinge »auf den Tisch« zu legen – und zu klären. Jetzt erwartete er es auch von mir. Ich tat mich nicht leicht damit.

Im schwiegerelterlichen Haus herrschte eine offene Atmosphäre. Nach den »Klärungen« war die Luft wieder rein.

Dann wuchsen unsere Kinder heran. Sobald sie miteinander reden konnten, richteten wir eine wöchentliche Meckerstunde ein. Es gab ein Versprechen: Jeder durfte alles sagen, was ihm nicht gefallen hatte – oder wo er sich ungerecht behandelt fühlte, ohne eine Strafe zu bekommen.

Eines unserer Kinder legte immer gleich los – und redete sich alles von der Seele, was sich da angesammelt hatte. Schon das Aussprechen war so wohltuend, dass der Ärger dann wie weggeflogen war. Schon bevor wir als Eltern Stellung genommen hatten, war alles wieder okay. Manche Strafe hat sich unsere Tochter dann schon selbst gestrichen. Die anderen beiden Kinder taten sich da sehr viel schwerer. Sie litten an einer Situation, konnten aber nicht offen benennen, wo der Schmerz saß.

Ich wollte es so gut machen. Meine Kinder sollten nicht ihren Ärger und Frust schlucken müssen.

Aber unsere Gemüter sind halt nicht gleich – und brauchen daher auch unterschiedliche Hilfestellungen zum »Heilwerden«.

Ich staune immer wieder neu über den einfühlsamen »Seelsorger im Himmel« – der seine unterschiedlichsten Leute abholen und leiten kann. Obwohl, die »Meckerstunde« war nicht schlecht! Es wäre doch einen Versuch wert, von

Zeit zu Zeit in unseren Gemeinden echte »Meckerstunden« einzurichten. Dann könnte alles auf den Tisch, was uns bewegt, was uns geärgert hat, das Tratschen hörte auf – und niemand müsste »immer nur schlucken«!

Mein Baumhof

In meiner Kinderzeit gab es keinen Luxus! Wir freuten uns über alles. Süßigkeiten, was war das? Spielzeug? Das war etwas ganz Besonderes! Damals gab es auch keinen Urlaub – weder für meine Eltern noch für uns Kinder. Aber wir hatten mehrere liebe Verwandte und Freunde. Die »erbarmten« sich über unsere kinderreiche Familie.

Da war eine Metzgerei. Wir durften mittags dort essen. Zu Hause war das Essen einfach – und es reichte oft nicht aus. Aber hier gab es auch »Fett« – und etwas »für die Rippen«! Das Ehepaar hatte keine eigenen Kinder. Es »lieh sich uns aus« – zum Umsorgen und Beschenken. Ich erinnere mich an ein Weihnachtsfest, an dem meine Schwester einen Puppenwagen mit einer Puppe bekam. Unglaublich!

Ein Onkel besaß einen Bauernhof in der Nähe von Hilgen. Er und meine Tante luden mich einige Jahre zu Ostern ein. Das war die Zeit, in der es neugeborene Lämmer gab, die fröhlich herumstaksten. Der Baumhof gehörte mir! Ich war das einzige Kind dort. Ich konnte springen, toben, Blumen pflücken. Und erst Ostern! Für mich ganz alleine gab es ein Osternest mit Eiern und Süßigkeiten! Ich musste suchen – und brauchte nichts zu teilen! Ich habe es so genossen, alleine beschenkt zu werden. Zu Hause war ich die Älteste – und hatte die Verantwortung für meine Geschwister. Selbstverständlich wurde alles geteilt. Hier war *ich* wichtig. Ich durfte auch abends länger aufbleiben – »Ich war wer«!

Jahre später wollte ich gerne meinem Mann den »Ort meiner Träume« zeigen. Ich hatte oft dankbar von meinen Kindheitserinnerungen geschwärmt! Wir waren in der Nähe dieses Hofes. Es bot sich ein Abstecher an. Aber was war das denn? Das Haus stand zwar noch. Aber Fremde wohnten darin. Es gab noch ein kleines gepflegtes Gärtchen, sonst nichts! Eine Straße verlief mitten durch meinen »Baumhof«! Vom Baumhof keine Spur mehr. Ich hätte heulen können! Mein Kindheitstraum war wie eine Seifenblase geplatzt.

Es erinnerte mich sehr schmerzlich daran, dass alles, wirklich alles im Leben vergänglich ist! So schöne Erlebnisse – wichtige Beziehungen – Situationen, die uns prägten – weggewischt! Es bleibt eine Erinnerung, Dankbarkeit für warmherzige Menschen und für das Erlebte!

Mehari

Mehari war ein ehemaliger Patenjunge aus dem Waisenhaus in Decamhare/Eritrea. Nach seinem Schulabschluss studierte er. Nach seinem Studium arbeitete er in wichtigen Positionen im Land. Es gab regelmäßige »Ehemaligen-Treffen«, bei denen sich die früheren Waisenkinder trafen und austauschten. Das war immer sehr gesegnet und stärkend, da der Alltag der jungen Leute hart ist. Sie wollten sich aber regelmäßig erinnern, an das, was sie im Waisenhaus erlebt und gelernt hatten – und sie wollten Gott dafür danken.

Bei einem dieser Treffen waren mein Mann und ich als ihre »Eltern« dabei. Das Thema des Wochenendes war »Don't forget!«. Wir erlebten sagenhafte Vorführungen aus »früheren Zeiten«. Sie spielten fantastisch den Alltag der Schule – das Verhöhnen der Christen und Lehrer, das Waschen lernen ... Zu besonderen Themen hatten die ehemaligen Schüler ihre Lehrer gebeten zu wiederholen, was ihnen damals so wichtig gewesen war ...

Der Sonntagsgottesdienst in der rappelvollen Kirche war ein wunderbares Erlebnis. Verschiedene Jugendchöre sangen, wir hörten viele Zeugnisse aus dem Alltag in den Dörfern.

Organisiert hatten das die jungen Erwachsenen – nicht die »Profis«. Mehari hielt die Predigt über Psalm 103: »Vergiss nicht, was er dir Gutes getan hat!«

Er zählte zur Erinnerung alles Gute auf! Dann hörten wir immer wieder: »Don't forget! Don't forget!« (»Vergiss es nicht! Vergiss es nicht!«)

Und dann kam etwas, was uns sehr erschütterte:

Mehari hatte eine lange Auflistung von »Ehemaligen« vor sich liegen, die jetzt fehlten. Er verlas ihre Namen im Gottesdienst und fragte seine Zuhörer: »Wo sind sie geblieben? Haben sie keinen Grund gehabt, sich zu erinnern? Wo sind sie jetzt?« Von einigen wusste er, dass sie jetzt ihren Militärdienst machten. Sie konnten nicht kommen. Andere waren krank. Aber er sagte weiter: »Wir müssen ihnen nachgehen! Sie besuchen! Sie dürfen nicht verloren sein, vergessen sein!«

Es folgte ein Weinen und Schluchzen der Schüler – und der Lehrer. Die einen weinten vor Gott, weil sie einsahen: Sie hatten sich nicht gekümmert. Die anderen waren ihnen nicht wichtig genug gewesen! – Und die Lehrer und ihre Frauen weinten über ihre Schüler, die so viel von einem verantwortlichen Leben begriffen hatten.

Ich stellte mir das in unserer Gemeinde vor: Wie ernst nehmen wir eigentlich die Gemeindeglieder, die lange fehlen oder gar nicht kommen? Sind sie uns überhaupt bekannt? Oder ist uns das alles egal? Durch dieses Interesse aneinander würde doch auch Liebe spürbar werden.

»Mein Finger!«

Zum zweiten Mal machten wir mit unseren Kindern und Enkeln Urlaub in Holland. Es ist ein wunderschönes Haus mit einem großen Grundstück und mehreren Liegewiesen. Die Enkelkinder sind groß und brauchen nun wirklich keinen »Aufpasser« mehr. Jeder war frei, zu unternehmen, was immer er wollte. Spazieren gehen, Rad fahren, schwimmen, lesen, malen ... Wir entschieden uns für einen »faulen Tag« – wollten lesen, malen, mal sehen. Die beiden ältesten Enkelkinder blieben und leisteten uns Gesellschaft. Diese faule Bande! Wir vier genossen in unseren Liegestühlen die Ruhe. Keiner störte uns. Da kracht Anita mit ihrem Liegestuhl zusammen. Ein Metallliegestuhl! Sie bleibt auf dem Boden, kommt nicht wieder hoch und sagt leise: »Mein Finger!« Ich denke: »Warum steht sie denn nicht auf?« – und bitte den großen Bruder, ihr zu helfen! Da sehe ich den Grund: Das obere Glied des linken Ringfingers baumelt herum und alles ist voll Blut! Jetzt schnell zum Auto! – Verbandskasten! – Nein, das ist der falsche Verband! – Den Finger richten! – Sterilen Druckverband! – Den Arm in ein Dreieckstuch! – Und ab zum Krankenhaus!

Unterwegs überlegten wir, zum VVV (Niederl. Verkehrs-Verein) zu fahren. Dort konnte man uns sagen, wo das nächste Krankenhaus wäre. Das Personal kam uns entgegen. Es hatte gerade Mittagspause! Ich sprach ziemlich aufgeregt von einem Unfall und dringender Hilfe! Die Arztpraxis lag direkt um die Ecke! Der Arzt war Unfallarzt! Das nächste Krankenhaus lag in weiter Ferne.

Wir warteten lange. Der Verband war gut angelegt und tropfte nicht durch. Also konnte der Doktor noch andere Patienten versorgen. Dann kamen wir dran. Ich musste assistieren. Das grüne OP-Tuch. Dann örtliche Betäubung. Warten. Dann sah ich, wie die Naht wurde. »Nein! Ich bin die Oma! Was soll ich den Eltern sagen, wenn Anita nicht super behandelt wurde? Diese Naht?« ... Er machte sie wieder auf – und gab sich große Mühe! Danach hatte ich weiche Knie – Anita auch! Aber die gemeinsam durchstandene Not verband uns.

Wir fuhren wieder ins Feriendorf zurück. Die Eltern waren inzwischen von ihrer Tour zurück – und fragten, was wir denn so gemacht hätten? ... Wir alle waren sehr dankbar für diese Maßarbeit. Ein Feriendorf kann sehr einsam sein. Alle Bewohner waren unterwegs. Keiner hätte helfen können. Zu Fuß hätte Anita auch nicht zum Arzt kommen können. Wir durften nicht weiterdenken. Wir dankten Gott für so viel gute Hilfe.

Der Finger wurde wieder voll funktionstüchtig – aber er bleibt eine Erinnerung an Gottes Bewahrung!

Mein Paradies

Irgendwann erbten wir das Haus meiner Schwiegereltern. Wir hatten seit unserer Hochzeit hier gewohnt, unser Geld, unsere Zeit, unsere Kraft, unsere Ideen und unsere Liebe eingebracht. Wir sahen es als unsere Aufgabe an, bei den Eltern zu leben. Als Architekten-Ehepaar hätten wir zwar auch gerne ein schönes eigenes Haus bewohnt, aber wir beide waren uns einig: Hier ist unser Platz. Es wurde mein Zuhause. Vieles änderte sich im Laufe der Jahre:

Zuerst bewohnten wir zwei das Dachgeschoss mit einer wunderschönen Aussicht über unsere Stadt. Dann bekamen wir drei Kinder und breiteten uns weiter aus. Wir bauten den Eltern den Anbau aus und bewohnten das Vorderhaus.

Die Kinder wurden groß und zogen nacheinander aus. Sie heirateten. Dann waren wir wieder alleine im »Haupthaus« – im Anbau wohnten die alt gewordenen Eltern. Wir hatten viel Platz und genossen es!

Nach ein paar Jahren, die Eltern waren inzwischen verstorben, zogen unsere Kinder wieder ein – und übernahmen das Haus. Nun zogen wir in den Anbau und machten es uns schön – für unseren Lebensabend. Uns war es immer wichtig, in ein gemütliches Zuhause zu kommen. Wenn man viel Not sieht und mitträgt, sollte man in ein ganz schönes Zuhause kommen – und dort abschalten – umschalten – und neu auftanken dürfen. Danach geht's wieder mit neuer Kraft an die Arbeit!

So schufen wir uns eine kleine Dachterrasse – nur für uns! Wir klettern durch das Wohnzimmerfenster auf ein wunderschönes Plätzchen, gerade groß genug für zwei Liegestühle – umgeben von vielen Blumentöpfen und Kübeln mit blühenden Pflanzen. Hier erholen wir uns. Hier sitze ich manchmal nur zehn Minuten – atme gut durch – und danke Gott für dieses ruhige Fleckchen. Ich sehe in den Himmel – sehe die »kleinen« Flugzeuge »gen Eritrea fliegen« und würde gerne mitfliegen. In Gedanken reise ich mit zu meinen Freunden dort. Dieses kleine Idyll ist »mein Paradies«. Hier bin ich Gott sehr nahe. Und hier genieße ich.

Da reisen andere Leute in unserem Alter gen Süden und genießen ihre Pension. Sie berichten von tollen Reisen und vielen Strapazen. Ich höre gerne zu, aber ich bin nicht neidisch.

Ich erinnere mich immer an »mein Paradies« und freue mich dann über unser bevorzugtes Leben!

Nicht aufgeben!

Ein kleiner Junge wurde als Waisenkind in unser Waisenhaus in Decamhare/Eritrea aufgenommen. Er hatte es schwerer als die anderen, denn er war an Polio erkrankt. Beim Gehen streikten seine Beine. Sie knickten nach innen ein. Es war ein erbärmlicher Anblick. Hilflos und eingeschränkt humpelte er über den Schulhof – und tat sein Bestes, einen guten Schulabschluss zu machen. Er wurde Christ – und komponierte und textete Lieder und bereicherte damit die Gottesdienste. Wir bekamen eine Kassette von ihm. Wir liebten diesen Jungen.

Eines Tages erfuhren wir, dass er zur Bibelschule ging. Er wollte Gott dienen – und zurückgeben, was er an Chancen von ihm bekommen hatte. Er wurde Pastor in einem kleinen Ort in Eritrea. Als wir dann noch ein Hochzeitsfoto in der Hand hielten, dankten wir Gott dafür, dass er »unseren Jungen« so gnädig geführt hatte. Er war sicher ein gesegneter Pastor für viele Leute – und er selbst würde durch eine liebe Frau versorgt sein.

Das nächste Foto kam ein Jahr später. Die Augen der kleinen Zwillingsmädchen erschütterten uns tief. Der ganze Schmerz der Welt sah uns an. Seine Frau hatte nicht genug Milch für beide Kinder – zum Kauf von Lebensmitteln fehlte das Geld. Beide Babys waren völlig unterernährt – eines körperlich und geistig behindert. Dieser arme junge Pastor und seine Frau. Er sagte mir am Telefon nur: »Mama Hanna, bete für uns! Und bete *auch für mich,* dass ich eine Möglichkeit bekomme, Hausbesuche zu machen! Ich habe solche Probleme mit meinen Beinen!« – Kein Klagen, kein Jammern, kein Zweifeln!

Wir beteten, überlegten und suchten zusammen mit der Leitung der Faith Mission eine Lösung.

Zuerst bekam die Familie monatlich »Milchgeld« durch zweckgebundene Spenden. Dann kamen wir auf ein vierrädriges Motorrad – ein Quad! Alle anderen Fahrzeuge schieden aus, weil sie zu teuer oder zu unsicher waren. Hier brauchte er kein Gleichgewicht zu halten und das Fahrzeug ist hervorragend geeignet für das schwierige Gelände. – Aber, der Seeweg nach Massawa war gesperrt! Keine Spedition konnte uns weiterhelfen. Also mussten unsere Freunde in Eritrea aktiv werden – leider ohne Erfolg!

Inzwischen hatten einige Freunde hier das Geld für das Quad gespendet. Wir sahen uns um, wurden sehr gut beraten und kauften ein gelbes Quad! Der Seeweg war inzwischen wieder geöffnet worden. Wir sind dabei, die Sendung zu organisieren – mit Instrumenten für die Musikschule und mit wunderschönem Werkzeug für unsere Werkstätten in Decamhare.

Unser gehbehinderter Pastor wird vor Freude weinen! Er bekommt auch noch zwei Helme geschenkt. Zwei, weil wir den Kopfumfang nicht genau wissen. Beide wurden uns neu geschenkt.

Ich habe mich oft gefragt, wie ich gehandelt hätte. Hätte ich nur ruhig gesagt: »Bete für mich?«

Nach einem Leben voller Leid und Behinderung, wäre ich da nicht resigniert? *Er gab jedenfalls nicht auf* und vertraute seinem Gott.

Gott reagierte – *und öffnete unerwartet das »Rote Meer«* – für sein Quad!

Noch sechs Monate!

Vater hatte spät geheiratet. Er war schon 40 Jahre alt. Mit 43 Jahren, er hatte inzwischen zwei kleine Kinder, stellte der Arzt große Herzprobleme fest. Er sagte seinem Patienten frei heraus, dass er nur noch sechs Monate zu leben habe!

Vater ging mit dieser frischen Nachricht langsam nach Hause. Unterwegs sagte er: »Vater, du kannst meine Frau und die beiden Kleinen besser versorgen, als ich es könnte. Ich gebe meine kleine Familie in deine Hände! Aber ich verspreche dir, solange du mich leben lässt, will ich morgens eine Stunde früher aufstehen und beten.« Er stand zuerst täglich um 6 Uhr auf, später um 5.30 Uhr – als 98-Jähriger im Altenheim, war es auch oft um 5 Uhr! Er besprach einfach alles mit seinem Herrn.

Vater hat noch drei Kinder bekommen, arbeitete fleißig, diente Gott, aber vor allem war er ein treuer Beter. Er betete täglich für uns alle, für seine große Familie, für die einzelnen Nöte in der Gemeinde, für Geschäftspartner, Politiker und für Menschen, die noch nicht mit Gott lebten. Er besuchte sie und erzählte von Gottes Führungen in seinem Leben. Einige fanden durch ihn zu Gott. Für einen Mann hat er über 40 Jahre lang gebetet, ohne etwas von ihm zu hören. Nach dessen Beerdigung erfuhr er, dass der Sterbende noch klar zum Glauben gekommen war! Vater freute sich: »Es war noch gerade rechtzeitig!« Was waren da 40 Jahre Gebet? Was zählte, war, dass der Mann Christ geworden war.

Wenn ich mir die Frage stelle: Was würde ich tun, wenn ich die Nachricht bekäme, ich müsste in einem halben Jahr sterben? Dann würde ich auch gerne diese Zeit nutzen zum Dienst! Ich würde gerne bis zuletzt Menschen ermutigen und für Gott gewinnen. Das ist das Wichtigste.

Opa Cremer

Mein Elternhaus lag günstig an einer Kreuzung. Es war nicht zu übersehen. Viele Bettler hatten erfahren, dass es hier etwas zu essen gab. Sie hatten irgendwelche Zeichen eingeritzt und gaben positive wie negative Nachrichten weiter. Manche wollten gar kein Essen. Sie machten bei uns schlechte Erfahrungen.

Ein ganz regelmäßiger Gast war Opa Cremer. Er kam, ich glaube jeden Freitag, am frühen Nachmittag – und brachte uns Kindern immer Bonbons mit. Lose, aus seiner Jackentasche! Das fanden wir furchtbar! Wir ekelten uns davor, mussten sie aber annehmen. (Wir brauchten die Bonbons zum Glück nicht zu lutschen!) Wir waren uns einig: So ging das nicht weiter. Wir drei Mädchen entschieden uns: »Wenn es Freitag nach dem Essen schellt, verschwinden wir in der kleinen Speisekammer direkt neben der Küche!« Dort waren wir mucksmäuschenstill. Keine durfte niesen – oder sich durch irgendwelche Geräusche verraten! Wir hörten natürlich alles, was nebenan gesprochen wurde. Opa Cremer wunderte sich immer, wo denn wohl »die lieben Mädchen« waren? (Meine Mutter übrigens auch!) Wenn die Luft wieder »rein« war, kamen wir nacheinander wieder zum Vorschein …

Dann rückte der Tag meiner Konfirmation näher! Opa Cremer erfuhr davon – und wollte gerne dabei sein. Meine Eltern luden ihn herzlich ein. Ich hörte das und war überhaupt nicht begeistert! Er sollte sogar unser Ehrengast sein – und neben mir sitzen!

Opa Cremer hatte sich »für mich« wirklich schön gemacht. Sein Bart, der sonst immer an verschiedene Mahlzeiten erinnerte, war sauber, sein Anzug auch. Aber wohl fühlte ich mich nicht neben ihm.

Wenn ich heute alte Fotos anschaue, bleibe ich manchmal bei den Konfirmationsbildern hängen. Sie zeigen eine reich gedeckte Tafel mit leckeren Kuchen, die damals eine große Seltenheit waren. Sie zeigen Familienfotos – und mitten drin Opa Cremer an meiner Seite! Unsere Eltern haben uns vorgelebt, dass wir auch für den verantwortlich sind, der nichts hat, und dass wir ihn herzlich willkommen heißen, auch zu unseren Festen! Für mich war es damals schwer.

Aber wie ist denn mein Leben danach geführt worden? Der »Platz neben mir« wurde besetzt von sehr unterschiedlichen Menschen: von Kindern, »Rabauken«, Flüchtlingen (netten und frechen) und von Obdachlosen und

Alkoholikern. Sie trafen sich u.a. in einem Hauskreis in unserem Wohnzimmer. Auch da gab es sehr wertvolle Menschen, die niemand »entdeckt« hatte. Die teilweise schuldlos in eine schlimme Situation gekommen waren. Einige von ihnen bekamen »die Kurve« in ein neues Leben.

Über die Handlungsweise meiner Eltern kann man verschieden denken. Ich hätte mich selbst neben den fremden Gast gesetzt – nicht mein Kind! Ich musste mich später auch sehr oft überwinden. Hat Gott mich damals schon vorbereitet? Uns wurden die benachteiligten Menschen wichtig!

So viel Geld?

Vor ein paar Tagen bekam ich einen Schock! Ich sah einen Video-Film aus unserem Waisenzentrum in Decamhare/Eritrea. Dazu kamen einige Telefonate und Faxe mit schlimmen Nachrichten. Zusammengefasst: Die Not war riesig. Durch ein Unwetter war eine 70 m lange Begrenzungsmauer des Waisenzentrums weggeschwemmt worden. Schaden: 5000 €! Der Zustand konnte nicht so bleiben, denn die wilden Kamele hatten freien Zugang zu den restlichen Kohlköpfen im Garten ... Die Kinder waren nicht mehr in Sicherheit. Zirka 1000 Menschen in unserem Zentrum waren in Gefahr, wenn nicht schnell Hilfe kam!

Ich nahm Kontakt mit den »großen« Hilfsorganisationen auf. Sie haben ihre begründeten Vorschriften und Regeln – und sagten ab. Aber wir erhielten zwei »Mutmacher« – von 5000 und 7500 €! Das reicht ungefähr für einen Monat!

Wir sind ja nur ein kleiner Verein und wir sind nicht sehr bekannt. »Weiterleben e.V. Wuppertal« hat aber auch Vorzüge: Wir sind sehr abhängig von Gottes Hilfe! Also beteten wir um eine Möglichkeit der dringend nötigen Versorgung. Gott war nicht überfordert!

Ein paar Tage später hole ich unsere Bankauszüge ab und denke: Da ist ein »Irrläufer«!

Ich frage nach, bitte um Klärung. Nein, es ist alles richtig. Da hat uns jemand 10 000 € überwiesen, den wir nicht kennen. Gerade zur rechten Zeit! Ein Bußgeld – vom Gericht so angeordnet!

Es war *so viel Geld* nötig, dass es zu viel für uns war. Dann wurde uns *so viel Geld* überwiesen, dass ich dachte: Das kann nur ein »Irrläufer« sein. Wir sind schon komische Leute.

Wir brauchen weiter *viel Geld.* Wird uns Gott *so viel* geben? Ja, er wird geben, was wir brauchen.

Warum machen wir uns denn trotzdem immer wieder Sorgen?

Tekle

Ein liebenswerter echter Freund wurde für uns Pastor Tekle (Name geändert). Er hatte die Möglichkeit, während des 30-jährigen Krieges in Eritrea mit seiner Familie ins Ausland zu fliehen. Dort wurde er sehr krank. Keiner konnte ihm helfen. Kein Arzt – keine Medizin.

Da wusste er genau: Ich muss zurück zu meinem Volk! Sie sind in Not. – Sie müssen kämpfen. Sie sind in Gefahr. – Ich bin in Sicherheit? Nein, das geht nicht! Das ist nicht glaubwürdig. Er ging zurück in die Gefahren und den Hunger Eritreas. – Schlagartig wurde er gesund und blieb es auch!

Er wusste: Jetzt bin ich am richtigen Platz. Nach Gottes Willen!

Er betreute dann die ehemaligen Waisenkinder nach ihrer Entlassung aus dem Waisenhaus. Er zog durchs Land (zu Fuß!) in die Dörfer und Wohnorte der jungen Leute. Er besuchte sie und sah, ob sie in konkreter Not waren und ob sie weiter mit Gott lebten. Er schlief unter freiem Himmel. In den Hütten war selten Platz! Wenn er etwas zu essen bekam, war er dankbar. Wenn nicht, jammerte er auch nicht. Er lebte total abhängig von Gott.

Er wurde als Pastor in die Flüchtlingslager

versetzt – zur Betreuung der Notleidenden, die alles verloren hatten. Ich bedauerte ihn, aber er antwortete ziemlich entrüstet: »*Jeder Ort,* an den mich Gott ruft, ist gut. Mir geht es gut. Ich bin gesund.« – Er wurde vielen zum Segen.

Aus diesem Dienst entstand eine Gemeinde. Er ist ihr Pastor.

Versorgt

Ein Architekturbüro hat gute und schlechte Zeiten. Wir waren nie reich – aber kamen aus und waren dankbar. Manchmal gab es schöne Aufträge, lohnende, manchmal »Kleinhüttenbau« oder »Gefälligkeiten« nach dem Motto: »Du bist doch Architekt! Kannst du mir da *mal eben eine Zeichnung machen?«* In der Regel hatten wir nette Bauherrn. Aber es gab auch einige, die schön bauten – und nicht zahlten!

Es war wieder einmal solch ein Engpass. Es würde schon noch rechtzeitig etwas kommen. Gott hatte uns immer versorgt! Aber es kam nichts. Wir hatten nichts mehr auf dem Konto, nichts zu Hause. Da kam eine Mitteilung, mein Mann hätte von seiner Patentante 1000 DM geerbt! Das war damals sehr viel Geld – und wir hatten keine Ahnung von dieser Erbschaft!

Ein anderes Mal beteten wir schon lange um eine Überweisung. Sie kam nicht. Dann erhielten wir einen Brief mit 50 DM! Es war ein lieber Brief. Der schloss mit den Worten: » ... von einem, der auch Jesus lieb hat!« Wir haben bis heute nicht erfahren, wer dieser »Liebhaber« war!

Mein Mann dachte zuerst, ich hätte anderen von unserer Not erzählt. Es war ihm peinlich.

Hatte ich aber nicht. Gott hatte unsere Gebete gehört – und beantwortet. Alle »reichen Erdbewohner« können diese Erfahrungen nicht machen. Sie brauchen ja niemanden, der sie versorgt – sie haben alles. Wirklich alles?

»Versteht ihr auch alles?«

In Eritrea saßen wir mitten unter unseren Freunden und verstanden »Bahnhof«! Während allen Veranstaltungen, Gottesdiensten, Besuchen – die Eritreer waren so in ihrem Element und dachten gar nicht daran, dass wir schließlich nichts verstanden! Wir sangen die Lieder mit – jedenfalls die Melodien – und nutzten die »Zwischenzeiten« zum Bibellesen oder Beten.

Dann machten wir eine dreitägige Fahrt nach Tessenei, an die Sudangrenze. Dort hatten wir eine Schule gebaut. Wir wollten die Schüler, Lehrer und Leiter besuchen und Fotos für die Spender machen. Es war heiß und sehr anstrengend! Abends lud man die Erwachsenen in die Klassenräume ein – zur Bibelstunde. Wir saßen in den Schulbänken.

Da setzt sich ein junger Mann hinter uns – genau zwischen meinen Mann und mich – und fragt: »Darf ich für euch übersetzen?« – Er übersetzte so gut von Tigrinia ins Englische, dass wir richtig dabei sein konnten! Es war ein liebevolles »Dienen«!

Später wurden wir gefragt: »Na, habt ihr alles verstanden?« – » Ja! Johannes hat uns alles übersetzt! Sogar die Lieder und Gebete!

Es war einfach toll!« Das erstaunte den Frager – und er ging in Zukunft wacher mit uns um!

Auf einem anderen Weg fragte mich der Fahrer, ob ich wüsste, warum er so vorsichtig fahren würde? Nein, ich wusste es nicht! – Er hatte von meinen vielen OPs gehört und davon, dass ich eine kranke Frau sei.

Nun erzählte er mir, dass er im 30-jährigen Krieg in Eritrea verwundet worden war. Ein Bombensplitter hatte seinen Bauch aufgerissen. Er war in einer sehr gefährlichen OP zusammengeflickt worden. Eigentlich hatte er keine Chance zu überleben! Er lebte, musste aber vorsichtig sein. Für ihn – wie für mich! – war jedes Schlagloch (und davon gab es viele!) ein großer Schmerz. Also fuhr er vorsichtig – für ihn und für mich ein Segen.

Es tut so gut, mitfühlende, verstehende Menschen in seiner Nähe zu haben.

Vertrauen

Wir nahmen an einer Familienfreizeit in einem schönen Freizeithaus im Schwarzwald teil. Alle fühlten sich wohl. Kinder waren herzlich willkommen. Aber eine Person störte und verunsicherte die Freizeitgruppe. Immer wieder fehlte einem Gast Geld. Unter uns war ein Dieb! Aber wer? Vermutungen wurden angestellt. Gerüchte. Nichts half wirklich weiter. Ich wurde ins Vertrauen gezogen: Ein junges Mädchen war einschlägig vorbelastet. Sie kam aus schlechten Verhältnissen, Heimerfahrung, kleine kriminalistische Vorfälle. Sie konnte es nur sein! Ich hatte Bedenken und äußerte sie auch. Das machte mich nicht beliebt. Aber ich blieb dabei: Solange wir keine Beweise hatten, konnten wir niemand verdächtigen.

Es stellte sich heraus, dass dieses Mädchen nicht die Diebin war!

Wir behielten Kontakt – später luden wir sie ein, uns zu besuchen. Sie freute sich sehr. Ich ertappte mich einige Male, dass ich sie verdächtigte. Wenn etwas fehlte – wer konnte es sein?

Es lag doch auf der Hand! Ich schämte mich, wenn »das Teil« wieder auftauchte – und einfach nur verlegt worden war. Dann schickte ich sie einkaufen – mit meinem ganzen Portmonee!

Viel Geld – aber »natürlich« abgezählt! Sie konnte nicht glauben, dass ich ihr vertraute! Es fehlte nichts. – Niemals.

Ihr Selbstwertgefühl stieg. Glücklich über Menschen, die sie annahmen und ihr, trotz ihrer Vergangenheit, vertrauten, fuhr sie wieder in ihre alte Umgebung.

Zur rechten Zeit

Ich besuchte eine eritreische Familie. Wir hatten ein freundschaftliches Verhältnis. Die Frau und Mutter erwartete wieder ein Baby. Sie hatte Angst. Wie sollte das hier in Deutschland gehen? In ein Krankenhaus zu müssen, von Ärzten begleitet, schien ihr unmöglich. Zu Hause wäre sie bei der Geburt nicht alleine gewesen. Nachbarinnen und weibliche Verwandte hätten ihr geholfen und wären ihr nahe gewesen! Das Ehepaar fragte mich, ob ich denn nicht bei der Geburt dabei sein könnte? – Wenn das zeitlich hinkam? Wir konnten ja sehen.

Eines morgens wollte ich einfach nur nach ihr sehen. Ich kam, sah die werdende Mutter – und wusste: Gleich geht's los! »Bitte, trinke noch einen *Schai* (Tee) mit uns!« Auf keinen Fall! Ich hatte keine Lust auf eine Hausgeburt! Die Wehen kamen alle zwei Minuten! Wir fuhren ins Krankenhaus. Dort ließ man sich Zeit!

Ich sagte: »Bitte kümmern Sie sich um die Mutter, sonst gebiert sie das Kind hier auf dem Flur!« Die Hebamme war nicht begeistert von dem »Dreiergespann«: »Nur einer kann mitkommen!« Wie aus einem Mund sagten die beiden: »Bitte, Schwester Hanna!« Die Hebamme: »Also, dann kommen Sie mit, Schwester Hanna!« Im Kreissaal fragte sie dann weiter, wo ich mein Examen gemacht hatte? Vielleicht in Afrika? Woher dieser Kontakt? Ich hatte ihr direkt gesagt, dass ich keine Krankenschwester sei und überhaupt keine medizinische Ausbildung habe. Sie hatte das überhört und tat weiter so, als wären wir Kolleginnen!

Ich streichelte den Bauch der Mutter – und sagte in Tigrinia, der Muttersprache: »Gott ist bei dir!« Wir beobachteten am Wehenschreiber, wie sich der Bauch entspannte. Der Trost war »messbar«! – »Also, Schwester Hanna ...« Ich hätte nur drei eigene Kinder zur Welt gebracht, das sei alles ... Wann würde diese Hebamme verstehen, dass ich ihr nicht beistehen konnte? – Sie ging dann in Ruhe zur Toilette. Ich schwitzte mächtig. Danach ging's richtig rund.

Eine Ärztin, die Hebamme und ich halfen der geplagten Mutter, das Kind zu bekommen.

Es war für mich ein wunderschönes Erlebnis. Wieder einmal war ich gerade zur rechten Zeit am richtigen Ort gewesen! Dass Trost und Nähe »messbaren Erfolg« bringen, können wir normalerweise nicht »ablesen«. Aber es ist trotzdem so!

Es geht hier eigentlich nicht um die Geburt eines eritreischen Babys, obwohl das schon etwas Besonderes für mich war! Ich glaube, dass wir unseren Tag, unsere Termine mit ihren Begegnungen bewusst von Gott bestimmen lassen sollen. Wir brauchen sicher nicht herumzustehen und auf eine »Stimme« zu warten, aber wenn wir bewusst den Tag in Gottes Hand und unter seinen Schutz geben, hat er ganz sicher seinen Sinn – und schöne Überraschungen bereit. Und wenn wir nichts Gravierendes erleben, dann ist es trotzdem ein von Gott geschenkter Tag!

Von derselben Autorin ist ein weiterer Band mit »Lebensgeschichten« im Verlag Johannis erschienen:

Hanna Stieglitz

Jesus war immer dabei
Lebensgeschichten

Bestell-Nr. 77 865
128 Seiten, kartoniert
ISBN 3-501-01489-9

»Jesus war immer dabei« ist der Grundton dieser erfrischenden »Lebensgeschichten«. Hanna Stieglitz, ein Original Gottes, schreibt voller Warmherzigkeit und Humor, doch Vorsicht: Ihre Natürlichkeit und ihr selbstverständliches Vertrauen in die Gegenwart Gottes im Alltag sind ansteckend!

»Lebensgeschichten«-Hörbuch

Hanna Stieglitz

Jesus war immer dabei

Lebens-geschichten

Hörbuch-CD
Bestell-Nr. 50 993
Spieldauer ca. 79 Minuten
ISBN 3-501-50993-6

Hanna Stieglitz ist ein Original. Ihre Erlebnisse bezeugen die Gegenwart Gottes im Alltag, seine Nähe in Krisen und seine praktische Hilfe in schwierigen Lebenslagen.

Dieses Hörbuch enthält eine Auswahl der Geschichten aus ihrem Buch gleichen Titels.

Sprecherin: Angelika Fries

Weiterleben e.V. Wuppertal

Hilfe für Waisenkinder Flüchtlinge und Notleidende in Eritrea
Windhornstr. 22 42281 Wuppertal Telefax: 0202 / 700093
Stadtsparkasse Wuppertal BLZ 330 500 00 Konto: 7720345
Homepage: www.weiterleben-eritrea.wtal.de

Lieber Leser,

wenn Sie dieses Logo sehen, dann sind *wir* gemeint. Unser Verein heißt »Weiterleben e. V. Wuppertal«. Wir arbeiten seit über 20 Jahren in Eritrea.

Der Erlös meiner Bücher ist für unsere Arbeit in Eritrea bestimmt.

Einer unserer Vorzüge:
Wir sind eine kleine Hilfsorganisation und setzen uns alle ehrenamtlich für die Notleidenden in Eritrea ein. Das heißt: Alle Spenden gehen ohne Abzüge direkt an die Not vor Ort – und verwandeln sich in Patenschaften, Lehrergehälter, Getreide, Hilfe zur Selbsthilfe ... (siehe Projektübersicht)

Wer uns näher kennen lernen möchte, der besuche uns im Internet:
(www.weiterleben-eritrea.wtal.de)

Hanna Stieglitz

23 Jahre »Hilfe für Eritrea« waren »Hilfe zur Selbsthilfe«

- Aus unseren Waisenkindern wurden Lehrer, Pastoren, Ingenieure, Handwerker, verantwortungsvolle Väter und Mütter.
- Trotzdem, die Bevölkerung Eritreas leidet! Die politische Situation, die große Dürre und Hungersnot lassen das Volk nicht zur Ruhe kommen.
- Es hat zu spät geregnet, die Ernte fiel aus, das Vieh verdurstete, die Bevölkerung hat Not!
- Einzelne, uns bekannte Schicksale sind besonders hart!

Wir können helfen!

- **Jede Spende wurde wie gespendet weitergeleitet, eingesetzt und bestätigt!**
- **Über 1000000 € Hilfe bisher ist viel, aber unser Einsatz muss weitergehen!**
- Unser Partner vor Ort ist die Faith Mission in Eritrea. Ihre Mitarbeiter haben sich als sehr zuverlässig bewährt!

Möglichkeiten der Unterstützung – verschiedene Projekte:

- **30 € monatlich** für eine **Patenschaft mit einem Waisenkind, auch eine Teilpatenschaft hilft!**

161 von insgesamt **282 Waisenkindern** werden von uns durch Patenschaften versorgt.

- **Über 800 Schüler** werden in unserem Zentrum unterrichtet – und brauchen Schulmaterial. Im letzten Jahr schickten wir viele **PCs – ein PC-Unterrichtsraum** wurde eingerichtet, **eine Bibliothek gebaut und mit Englischbüchern** und guten **Schulbüchern** für den Unterricht eingerichtet. Ein **Pick up** wurde für den Transport von Materialien und Fertigprodukten **unserer Werkstätten** dringend nötig und konnte mit unserer Unterstützung angeschafft werden. **Große Beiträge leistete jährlich die AVH-Realschule Remscheid durch ihre Sponsorenläufe.**
- **Paten- und Teilpatenschaften** sind auch für **Lehrergehälter** möglich:
- **75 € monatlich** kostet **ein Lehrergehalt in der Grundschule (16 LehrerInnen).**
- **105 € monatlich 1 Lehrergehalt in der Hochschule (19 LehrerInnen).**
- **Für die Gründung der Musikschule** unserer Hochschule wurden zehn Posaunen geschenkt! Durch den Sponsorenlauf der AVH-Realschule Remscheid konnten wir 1100 € für **Druckkosten von Notenbüchern** überweisen.
- **Aus unseren Werkstätten sollen Berufsschulen werden. Sie haben einen sehr guten Ruf!**

- Im Waisenzentrum (ca. 1000 Personen) werden **wöchentlich 3370 € für Grundnahrungsmittel benötigt!**
- Ein neues, wichtiges Projekt ist die **Existenzgrundlage** für **Kriegerwitwen** mit ihren Kindern. Sie sind ohne Rente und leiden doppelt. Mit einem **Grundstock** von **650 €** pro Witwe konnten wir inzwischen **24 Witwen nach ihren Gaben und Möglichkeiten helfen. So eröffneten sie Nähstuben, Frisörsalons, kleine Läden, kauften Kühe, Schafe oder Hühner!** Alle sind sehr dankbar für die erhaltene **Unabhängigkeit!** Viele **andere Witwen** warten noch auf Hilfe! (Zusammenstellung des Grundstocks durch einmalige Spenden)
- Ein »Loch« entstand durch unseren ersten **Rentner. Ein Beispiel:** Unser bisheriger Leiter des Waisenhauses, **Rektor Manna,** abeitete 50 Jahre lang im Waisenzentrum – als Lehrer, Leiter, Leiter der Werkstätten … Nun ist er **mit 70 Jahren in den Ruhestand** gegangen. Die Dienstwohnung bewohnt jetzt sein Nachfolger, Rente gibt es nicht. Früher waren die Kinder die Altersversorgung der Eltern. Doch jetzt sind sie an der Front, gefallen oder geflohen. Es kann nicht sein, dass der lange, treue Dienst der einzelnen Pastoren und Lehrer so tragisch endet! **100.– € mo-**

natlich pro Rentner wären wichtig! (Patenschaften möglich!)

– **Jede Spende ist eine echte Hilfe!**

– *Weil wir weiter vertrauen und helfen, können unsere Freunde in Eritrea hoffen und leben!*

– »Weiterleben e. V. Wuppertal« ist als »mildtätiger Verein« beim Finanzamt Wuppertal anerkannt. Spendenquittungen werden zu Beginn des neuen Jahres automatisch zugeschickt.

Danke für Ihr Vertrauen!
i. A. des Vorstands

Hanna Stieglitz
1. Vorsitzende